今宵の月のように

神奈木　智

幻冬舎ルチル文庫

CONTENTS ✦目次✦

今宵の月のように

✦カバーデザイン＝chiaki-k
✦ブックデザイン＝まるか工房

イラスト・しのだまさき✦

今宵の月のように

◆◆◆　プロローグ　◆◆◆

小泉裕《こいずみゆう》は、ずっと走り続けていた。

学校で昼休みの最中に緊急の電話で呼び出され、それからずっと走り通しだった。息が上がり、喉《のど》が渇いてひりひりと痛む。真冬だというのに、制服に包まれた身体《からだ》はぐっしょりと汗に濡《ぬ》れていた。疲労と焦りが、裕の体力を乱暴に奪い去っていく感じがした。

「どう……しよう……まだ、一台も……通らない……」

歩道を懸命に走り続けながら、真横を行き過ぎる車たちに視線を送る。できればタクシーを捕まえたかったのだが、生憎《あいにく》と昼下がりの呑気《のんき》な時間帯に往来するのはトラックやバンなどの大型車か、すでに客を乗せているものばかりだった。

「……どうしよう……」

再び同じセリフが、かさかさに荒れた唇から零《こぼ》れ出る。

学校から自宅までは、バスで五つ分の距離がある。しかし、校門を飛び出した裕はとても悠長にバスを待っていられる気分ではなかった。大きな道へ出れば、きっとタクシーが拾えるはず。そう判断して、それでも少しでも自宅へ近づいておきたくて、こうして走りながら空車のタクシーが通りかかるのを必死で捜していたのだ。

それなのに、無情にも一台も通らない。これなら、おとなしくバスを待っていた方が得策だったかもしれないと思い、ひどく情けない気持ちになった。結局、いつもこうなのだ。自分は、いつも肝心な時に判断を見誤ってポカをやってしまう。これが他の兄弟たちだったら、置かれた状況を冷静に分析して無駄なく行動できるに違いないのに。

いつの間にか目の端に滲《にじ》んできた涙を、まだ出番が早すぎると心で叱《しか》りつけ、裕は年季の入った石畳の上をただ黙々と走り続けていた。

胸の鼓動は、不吉な予感に脅えたように速度を速めていく。どうか、電話の内容が何かの間違いでありますようにと、ただ裕はそれだけをひたすら祈っていた。

「ずい分、運河の多い街なのねぇ」

潮風に艶々《つやつや》の長い黒髪を絡ませながら、美百合《みゆり》が感心したような声を出す。

海沿いにひっそりと佇《たたず》む、青駒《あおこま》という名の街。都会から少し外れた場所に位置する上に、これといった特産品や名物もないので、彼女もこの土地を目の当《ま》たりにするまでこれほど独特の景観だとは思わなかった。何せ鷺白《さぎしろ》美百合は生まれてから二十三年、旅行や静養以外で『田舎』と名のつく場所には足を踏み入れたことがない都会育ちのお嬢様だ。

「もう少し華やかな雰囲気でもあれば、観光地にもなったでしょうけど。これは駄目ね」

彼女はあっさりと結論を下し、すぐに飽きたといった表情で目の前の運河から車道へと目線を移した。古いとはいえ、単なる人工の川だ。そう珍しいものではない。

だが、確かに彼女の感想には一理あった。

幅の狭い運河たちが土地を縦横無尽に区切っており、それによってこま切れにされた陸を大小の橋が繋《つな》いでいる。その風景は確かに日本離れしていたが、世界の観光地と謳《うた》われた彼の地を引き合いに出すのもおこがましいほど、地味で素朴でのんびりしている。街全体を包む空気が、だるい海のうねりにゆったりと身を任せているようだ。

退屈だが、嫌な感じはしない。

しかし、ただ平和だけが取り柄の街だった。

「……美百合は、ここが嫌いなのか？」

先ほどから黙って彼女の感想を聞いていた連れの男が、ようやく静かに口を開いた。

「俺は気に入ったよ。静かで呑気で穏やかだ」

「私は微妙ね。好き嫌いが言えるほど、強烈な場所じゃないもの」

「じゃあ、どんな感じがする？」

「そうね……」

しばらく美百合は考え込み、濃い睫毛《まつげ》を蝶の羽根みたいに震わせる。彼女がそうすると大抵の男は理性と関係なく胸がざわめき出すのだが、質問した男も例外ではなかったらしく、少しだけ居心地の悪そうな顔で眉《まゆ》をしかめた。

「ちょっと褒めすぎだけど、寂れてモノクロ仕様になったベネツィアみたい」

「美百合、ベネツィア行ったことあるの？」

「あるわよ、もちろん。ノラ猫の多い街でしょ。リド島にしか滞在しなかったけど」

「……それ、ずい分乱暴な意見だ……」

男は、彼女のそういう言い種《ぐさ》に慣れっこらしい。苦笑交じりの感想を述べると、後は黙って目許《めもと》に柔らかな光を瞬《また》かせている。不埒《ふらち》な胸の高鳴りは、一瞬で消え去ったようだ。

「ねぇ、浩明《ひろあき》さん」

きちんと手入れの行き届いた爪で、彼女は丁寧に自分の髪を梳《す》きながら言った。

「約束は一時半よ。そろそろ、先方に向かった方がいいんじゃない？」

「……そうだな。予約したタクシー、少し遅れてるのかな」

「だから、運転手に送らせるって言ったのに。わかってるでしょうけど、相手は時間に厳しい方だから遅刻なんてしたら絶望的よ？」

「ああ、大丈夫だよ。まだ余裕がある。車で行けば十分ほどだろう？」

浩明は兄の物だったアンティークの腕時計に目を走らせ、まだ時間にゆとりがあることを確かめる。時計の位置だけ白く浮いていた肌はすっかり元の色に戻ったようで、夏とは違うデザインを身につけていることになんの違和感も与えなかった。

「——あ、来たわよ」

美百合の声に促され、浩明は反射的に右手を上げる。タクシーはすぐに反応して速度を緩め、彼らが待つ路肩へと黄色い車体を止めた。

ドアが滑らかに開き、浩明は運転手に向かって行き先を告げようと身を屈《かが》める。

その瞬間。

「すみませんっ！」

「え？」

突然、後ろから切羽詰まった声をかけられ、反射的に振り返った。

すぐ後ろに、肩で大きく息をしながら高校生らしき男の子が立っている。のどかな街並みには不似合いなくらい必死な顔つきをして、彼は真っ直《ます》ぐ浩明を見つめていた。

「今、声をかけたの……もしかして、君？」

「は……はい、そうです。あの……あの、この車、譲ってもらえませんかっ？」

「え……譲るって……」

「俺、どうしても早く家に帰りたいんです。帰らなくちゃ、ならないんですっ」

「いや、急にそう言われても……」

「お願いしますっ、お願いします！」

懸命に頭を下げ続ける彼は、今どき珍しい詰襟《つめえり》の制服を着ている。小作りな輪郭に沿って汗が尖《とが》った顎《あご》まで伝い、掠《かす》れてすがりつくような声は彼がここまで走り通しで来たことを物語っていた。

——けれど。

「申し訳ないけれど、生憎こちらも急いでいるのよ」

戸惑う浩明が言葉をなくしている間に、美百合がにべもなくそう答える。

「さぁ、浩明さん。行きましょう、遅刻したら大変よ」

「で、でも……」

「いいから、さっさと乗って。時間が勿体《もったい》ないわ」

「待って……待ってください！」

一度は車内へ押し込まれた浩明の腕に、少年が驚くような強さで縋りついた。手のひらの体温が生地を通して浩明へ伝わり、その熱さにハッとする。思わず見返した先で、黒目がちに揺れる瞳とまともにぶつかった。

「お願いします……お願いです……」

ポロポロと大粒の涙を零しながら、少年は尚《なお》も懇願し続ける。さすがに美百合も挟む言葉がなかったのか、ただ呆然《ぼうぜん》と成り行きを見つめていた。

数秒の沈黙の後。

浩明は少年の手に優しく自分の右手を重ねると、そっと腕から引き剝《は》がした。それから相手を安心させるように微笑《ほほえ》むと、涙の止まらない彼に自分のハンカチを握らせる。

「大丈夫だよ」

浩明は、瞳を細めながら囁《ささや》くように言った。

「大丈夫だから、早くこの車に乗って行きなさい。安心して。お金は持ってる？」

「は……っ……あ、はい……っ」

こみ上げる息が引っかかるのか、少年は上手《うま》く声が出せないようだ。こっくりと頷《うなず》く様を見て浩明は再び微笑み直し、相手の背中を二、三度柔らかく撫《な》でた。

「それじゃ、行きなさい。急ぐんだろう？　運転手さん、よろしくお願いします」

「浩明さん！」

「いいから、美百合。……じゃあ、気をつけてね」

咎《とが》める美百合を振り切るように、少年を乗せて「行ってください」と運転手へ頼む。潤んだ瞳が硝子《ガラス》窓に遮られ、やがて車はみるみる内に遠ざかっていった。

「……信じられない。一体、どうしてこうなるわけ？」

「仕方ないさ。歩こう、美百合」

「人がいいわね、浩明さん。あなたたち兄弟は、本当にバカがつくお人好《ひとよ》しよ」

きつく上目使いに睨《にら》まれても、浩明の胸にはなんの曇りもない。わだかまりを強いてあげ

るなら、大きな黒目に透明な滴を目一杯浮かべていた、彼のことが気にかかるばかりだ。

「浩明さん？」

「え？」

「……なんだか、変よ。ボーッとしちゃって」

尖らせた唇から、面白くなさそうな声がかけられる。笑顔でそれに応《こた》えながら、浩明は意識を彼女とお膳《ぜん》立てをされた就職先へと向けるように努力した。

（……あの子、あれ以上泣かないで済むといいな……）

浩明の独り言は大切な願いと同様、胸の中だけでひっそりと呟《つぶや》かれる。

その言葉をすぐに自分の目で確かめることになろうとは、まだ予測もしていなかった。

◆◆◆　1　◆◆◆

両親の死に目に会えなかったのは、何も裕だけではない。車の衝突事故に遭いほとんど即死に近かった彼らは、息子たちが駆けつけるのを待たずに他界してしまった。

裕と弟の茗《めい》はショックで呆然としていたが、その分兄の抄《しょう》はしっかりしなければと思ったのだろう。気丈に後始末や連絡などの事務処理をテキパキと済ませ、行方知れずの長男に代わって立派に喪主を務めて葬儀を執り行った。

小泉家は家族で小さなホテルを経営していたが、日頃からお客が少ない上、非常事態でもあったのでしばらくクローズすることで家族間の意見は一致する。家族とは家業の経理を担当していた二十三歳の抄、高校二年生の裕、そしてまだ中学一年生の茗の三人だ。口うるさい親族がいないのは不幸中の幸いだったが、頼れる後見人もいないまま三人は孤児となってしまった。

「でも、まぁ振り出しに戻ったと思えばいいわけですから……」

あくまで冷静な口調を崩さず、抄は淡々と言った。

「裕くんも茗くんも知っている通り、もともと僕たちは全員が養子です。血の繋がりは、お互いに初めからない。そうでしょう？」

「……初七日が済んで、最初のセリフがそれかよ？」

「茗くん……。君はせっかく可愛い顔をしているんだから、そういうふて腐れた態度はやめなさい。僕は、ただ君たちを励まそうと思って……」

「励ます？　親を亡くして落ち込む十三歳のガキに、振り出しだなんて言うかな、普通」

居間代わりに集まった狭いロビーで、茗はソファに身を沈めてプイと横を向く。怖いもの知らずのきつい眼差《まなざ》しはあどけない顔立ちを小気味よく引きしめており、『可愛い』というよりは何年か後に『男前』と讃《たた》えられそうな素質を持っていた。

「大体、養子ったって俺は覚えてないもん。俺にとって、振り出しはここのホテルなの」

「それは……まぁ、そうですけど……」

ポンポンと遠慮なく言い返され、抄は困ったように睫毛を伏せる。彼がそうすると俯《うつむ》いた仕種につられて、長い黒髪がさらさらと細い肩まで流れるように落ちていった。いつも背中でゆるく縛っているのだが、あまりに滑らかに波立つ彼の髪は、紐《ひも》やゴムをするりとすり抜けてしまう時がある。

「兄ちゃん……無駄に色気、振り撒《ま》かないでくれる？」

茗が毒づき、たおやかな風情の兄を呆《あき》れたように見つめた。

クールな口調とは裏腹に、抄の容姿は凛《りん》としつつもどこか儚《はかな》げで、まさに『綺麗』の一言に尽きる。輪郭のくっきりした切れ長の瞳や、白い肌に品よく彩を添える薄い唇。驚くほど整った面差しは見る者をまず見惚《みと》れさせ、必ず言葉を失わせた。茗も家族だから気軽な口を叩けるわけで、ホテルを利用する客たちなど、大方が抄を見かけてもその美貌《びぼう》に慣れるまでは容易に声もかけられない有様だ。客商売としては弊害もあるが、彼目当てにホテルないし併設のレストランへ足を運ぶ人間も多いので、経理だけでなくホテルの看板息子という重要な役割も担っていた。

そんな彼が妙に深刻な顔をして「相談があるからロビーへ集まるように」と言った時、裕も茗もあんまりいい話じゃないだろうと察しはつけていた。抄が持ち出す話なら、ホテルに関することに決まっている。

「……とにかく、問題はこれからのことです」

意味もなく見つめられることなど慣れっこなので、抄は弟たちの視線になど無頓《むとん》着《ちゃく》に手早く解《ほど》けた髪をまとめ直す。先刻から彼の膝《ひざ》でうたた寝していた飼い猫のマウスが、髪にじゃれつこうと後足で立ち上がり、裕が慌てて手を伸ばしてマウスを腕の中へ抱え込んだ。

「……有り難う、裕くん。さて、幸いなことに保険金と賠償金で当分の間はなんとかなるでしょう。父さんたちの残した貯金で、裕くんと茗くんの学費もほとんど賄《まかな》えると思います。問題は……」

「ホテルだろ」

気の短い茗が、すぐにセリフの先を読む。抄はその言葉に黙って頷き、ロビーから床続きになっているフロントへゆっくり目線を移した。

玄関の真正面に位置するそれはフロントとは名ばかりで、客室五部屋の規模に相応《ふさわ》しく、小ぢんまりとした古い机と椅子が置いてあるきりだ。机の上に飾られたアンティークのスタンドは、壊れたままでもう十年も明かりが点《つ》いていない。

「……めっちゃくちゃ古いもんなあ……。何年も使ってない部屋だってあるしさ」

「ええ。父さんのお祖父《じい》さんの代から、ずっとここで営業していましたからね。まず、建物の維持が無理だと思われます。レストランは父さんが料理をしていたし、客室のケアは僕と母さんの二人でやっていましたから。料理人不在のレストランを閉めるとなると、そちらの集客も途絶えるわけだし」

「まぁね。多分、そういう話だと思ったよ。要するに、『とりあえずクローズ』が『このままクローズ』になるってことだろ？」

「僕としても非常に残念なんですが、あまり先延ばしにもできない問題ですから……」

「ちょ、ちょっと待ってよ。それじゃ、ホテルやめちゃうの？」

今まで黙って兄弟のやり取りを聞いていた裕が、そこで初めて口を開いた。思わず身を乗り出したため、居心地を悪くしたマウスが不服そうにカーペットの上に降りる。

「父さんたちが頑張って続けてきたホテルなのに、何も努力しないでやめるなんて……」

「仕方がないんですよ、裕くん。君も茗くんも学校があるし、僕一人ではとても……」

「それじゃ……それじゃ、誰か手伝ってくれる人を募集すれば？　レストランだってコックを新しく雇えばいいし、俺も学校が終わったら手伝うから。皆で協力すれば、なんとかなるんじゃないの？」

「なるかよ、兄ちゃん」

食い下がる裕を突き放すように、茗が冷たく口を挟んだ。

「手伝いや新しいコックを雇う余裕なんて、もとから家にはないだろ？　あったら、親父たちが生きている間にとっくにそうしてるさ」

「……そうなんですよ」

形の良い眉をひそめて、抄が申し訳なさそうに言葉を継ぎ足す。

「実際、残されたお金は生活していくのにやっとというくらいなんです。僕は、どこかに就職して自活するつもりです。ホテルを続けたいのは山々ですが、君たちの学費とか生活費とかを考えたら、とても他人を雇う余裕はありません。かといって、僕ら三人では営業していけないでしょう。お客様に、満足いただけるサービスも提供できません」

「でも……だけど……」

「第一、茗くんはまだ中学生です。家の手伝いに追われる生活なんて、させられません。裕くんだってそうですよ。いくらうちが流行《はや》ってないホテルとはいえ、毎日ヒマだというわけじゃないんですから。雑事はいくらでもあります。でも父さんや母さんだって、君たちにそういう苦労をさせたくて施設から引き取ったわけじゃないでしょう」

「それは、わかるよ……わかるけど」

「どこかの物好きがスポンサーになってくれるとか、ここを丸ごと買い取って僕を雇ってくれるとか、とにかくそういう夢みたいなことでも起きない限り……」

「おいおい、抄。黙って聞いてりゃ、ずい分ささやかな夢だなぁ」

どこか笑いを含んだ声が、突然会話に紛れ込んできた。その場にいる全員がギョッとし、侵入者の登場に動きを固まらせる。玄関の扉はしっかり閉めてあるので、ここにいる兄弟以外、誰かが建物の中へ入り込むことなどできないはずなのだ。

三人の驚きをよそに、声の主はひやかすように言った。

「しっかし、相変わらずボロだねぇ。鍵くらい、もっといいヤツに取り替えりゃいいのに」

「――あなたに、そんな口をきく資格はありません」

反応は、玄関の方角を向いて座っていた抄が一番早かった。

刺々《とげとげ》しい響きを隠しもせず、温厚な彼にしては珍しく語気を荒らげている。滅多に見られない兄の攻撃的な態度が裕と茗の好奇心を刺激し、彼らは恐る恐る視線を移してみた。

「なんだよ、おまえら。幽霊でも見たような顔しやがって」

そこに、長身の若い男が立っていた。

屈託のない瞳に見え隠れする、人を食ったような惚《とぼ》けた表情。飄々《ひょうひょう》と浮かれた風情は、彼をまっとうな職業に就く人種からかなり遠ざけている。実年齢より若く見えるが、裕の記憶に間違いがなければ、彼は現在二十八歳になっているはずだ。

「潤《じゅん》……潤兄さん？」

「よぉ、裕。茗も元気か？　皆、十年ぶりだなぁ」

苦々しく顔を逸《そ》らす抄とは対照的に、潤は晴れやかな笑顔でひらひらと片手を振った。

「俺のこと、ちゃんと覚えていてくれたか。嬉しいよ、裕。おまえ、ガキん時から優しかったもんな。そっちの茗は、でっかくなりすぎ。けど、男前になったじゃんか」

「当たり前だろ。もうすぐ、百七十センチに届くぜ」

長男の潤が家を出た時、茗はまだ三歳だった。彼にしてみれば、いきなり目の前に現れた潤は兄というより馴《な》れ馴れしい山師にしか見えない。

「やめてください」

対応に戸惑う弟たちを見かねたのか、抄が乱暴に潤の身体を弟たちから引き離した。見知らぬ人間の乱入に、マウスは尻尾を膨らませてソファの下へ潜り込む。

「一体、どういうつもりですか。十年も音沙汰《おとさた》なしで、突然戻って来るなんて」

「なんだよ、抄。おまえは、相変わらず綺麗な面してんな。あれ？　迷惑だった？」

「当たり前です！」

厳しい声音で一喝されたので、さすがに潤も口を閉じた。けれど眼差しまでは沈黙できないらしく、抄がくどくどと恨み言を述べている間中、落ち着きなく周囲を見回したり裕たちに何かふざけた合図を送ってきたりしている。そのおどけた表情に思わず裕が口許を緩ませた瞬間、軽快な音がパン！　と潤の頬《ほお》で炸裂《さくれつ》した。

「いい加減、ふざけるのをやめてくださいっ。殴りますよっ」

「もう殴ってるじゃないかっ」

左頬を赤く染めて、潤が大袈裟《おおげさ》に顔をしかめる。抄はまだ気が治まらないのか、もう二、三発殴りたそうな様子を見せていたが、やがてがっくりと肩を落として椅子へ座り込んだ。

「……まったく。せめて、生きている内に会いに来ればよかったものを……」

「しょうがないだろ。ずっと、日本にいなかったんだから」

「──ああ。で、どこに逃亡してたんです？　マカオ？　香港？」

「……人を犯罪者にするなよ……」

抄の隣へ腰を下ろすと、潤は簡単にこれまでの経過を弟たちへ語って聞かせた。

十八歳になった頃、彼はバイト先で知り合った年上のイタリア人の女性と恋に落ち、母国へ帰った彼女を追いかけてそのまま家を出てしまった。十年間、手紙で生きていることだけは両親に連絡していたが、いざ帰国してみたら亡くなっていたのだという。

「一足違いだったんだよ。帰国したその足でここへ向かおうと思ったら、駅前でエマに偶然会ってさ。あいつ、俺のこと覚えてたんだぜ。女の記憶力ってのは、すごいよなぁ」

「この際、エマちゃんが女なのは関係ないと思います。それで？」

「……抄くん、冷たいね。とにかく、エマに事故の話を聞いて急いで戻って来たってわけ」

どんなに冷たくされようが一向に応えた風もなく、潤は平然とした顔をしている。嫌味を言うのもバカバカしくなったのか、抄は溜め息をつくと弟たちへ視線を向けた。

「今更戻って来られても僕には迷惑なだけですが、君たちはどうですか」

「遺産目当てなら、お門違いだよ」

早速、茗の厳しい一言が飛ぶ。

「今も話してたんだけど、ホテル手放して俺たちの生活費にすんだから。こんな古い建物、大して高く売れないだろうけどさ。とにかく、余分な金なんか一銭もないからな」

「茗！　まだ、ホテルを処分するって決めたわけじゃないだろっ」

裕がムキになって食ってかかると、茗は面倒臭そうに片目を歪《ゆが》めてこちらを見た。

個性の強い兄弟の中で裕だけが居場所を見つけられず、いつも困ったような顔で皆の陰に隠れてしまう。そんな兄を見慣れている茗にしてみれば、珍しく頑固にホテルへ固執する姿は奇異にしか映らないのだろう。

「じゃあ聞くけど、兄ちゃんはどうする気なんだよ。学校やめて、ここへ就職するのか？」

「そ、それは……まだ、考えてないけど……」

「ほらな。もっと現実を見ろよ。俺はごめんだね。学校とホテルの往復なんか、退屈すぎてやってられるか。第一、レストランはどうするんだよ。調理師の免許でも取るのか？」

「あ。俺、持ってる。調理師の免許」

またもや、潤がにこやかな口調で割り込んできた。教室で発言をする生徒のように元気よく右手を上げ、彼は生意気な弟たちが何か言う前に素早く口を開く。

「マジだよ。俺、親父の跡を継ぐつもりだったからね。高校通いながら、夜間の料理学校に行ってたんだ。まぁ、修業のつもりでバイトした店で道を誤っちゃったけど」

「じゃ、じゃあレストランの件は解決だね？」

勢い込んで畳みかける裕に、潤は大きく頷いてみせた。

「ウエイトレスにはエマちゃんに来てもらえばいいし、ここの規模からいっても二人いれば無理はないんじゃない。ま、イタリアンでよければの話だけど」

「……あっちで、不法就労してたんですね」

「やった……」

渋い顔をする抄を尻目に、裕の目はもうキラキラしていた。

潤がレストランを引き受けてくれるなら、後はホテルの問題だけだ。もともと母親と抄の二人で賄えていたのだし、たった五部屋の客室なら（しかも、ツインは一部屋だけだ）自分も手伝えばなんとかなるのではないだろうか。

「できる。できるよ、皆で頑張れば」

「裕くん……」

「抄兄さんも茗も、とにかく始めてみようよ。無理かどうかは、それから決めたらいいじゃないか。ホテルを畳むことばっかり考えてたら、父さんも母さんも可哀相《かわいそう》だよ」

「……兄ちゃん、痛いとこ突いてくるじゃん……」

まいったとばかりに肩をすくめて、茗が抄へと目線を投げる。別に、彼だって生まれ育ったホテルに愛着がないわけではないのだ。だから、多少信頼性には欠ける男だが、長兄が協力してくれるというのであれば、無理は承知で頑張ってみようかくらいの気持ちはある。

だが、抄はまだ不安らしく素直に首を縦に振ることができない。

「でも……だけど、エマちゃんに払うアルバイト代が……」

「それくらい、なんとかなるさ」

潤が裕に加勢して、調子よく請け負った。

「今まで、外の客には夜しか開放してなかったんだろ？　だったら、ランチを始めればいい。言っておくけど、おれの腕があれば客はすぐに呼べるよ」

「急に言われても……。第一、裕くんはどうしてそんなにホテルを続けたいんです？」

「え？」

「潤さんの意見はこの際置いておいて、いい機会だからぜひ聞かせてください。どうして、そんなにこのホテルに固執するんですか？」

いきなり話の矛先を向けられて、裕は面食らったように瞬《まばた》きをくり返した。もともと、自分の感情を言葉で表現するのは苦手な方だし、両親の残したホテルを維持していきたいという希望は裕にとってごく自然に生まれたものであり、改めて説明するようなことではないと思っていたからだ。しかし、何事もきちんとしなくては気が済まない性格故か、そういう曖《あい》昧《まい》な理屈では抄はとても納得してくれそうになかった。

「裕くんの優しい気持ちはわかりますけど、こんな突然舞い戻って来て大きな顔をしている人間に頼らなくちゃ再開できないなんて、情けないとは思いませんか」

「なんだ。結局、おまえ俺が気に食わないわけね」

大して気にした様子もなく、潤があっけらかんと呟く。次の瞬間、気迫に満ちた切れ長の瞳にきつく睨まれたが、彼にはなんの効き目もなさそうに見えた。余裕の表情で抄の視線を振り落とすと、潤はおもむろに立ち上がり玄関へ向かって歩き出す。残された兄弟たちは唐突な行動に不意を突かれ、言葉もなくただ兄の後ろ姿を追っていた。

玄関を前にして彼は振り返り、意味深にニヤリと笑ってみせる。

「……実は、もう客を一人連れて来ちゃってるんだ」

「え……――」

「マジ、マジ？」

「な、何、寝言言ってるんですかっ」

それぞれが口を動かすのと、潤がクラシックな木の扉を開けるのとはほとんど同時だった。開かれた扉から、冷えた外気がドッと室内へ流れ込んでくる。兄弟が固唾《かたず》を呑《の》んで見守る中、清潔な空気に包まれて一人の青年がホテルへ足を踏み入れて来た。

「どう？　男前だろ？　この街が気に入ったって言うからさ、手土産代わりに連れて来た」

「……小泉さん。どうでもいいけど、待たせすぎですよ。俺、凍死するかと思った……」

開口一番、そんな恨み言を呟く彼だったが、その声は耳に心地よい甘さを持っている。惚《ほう》けている兄弟たちへ向けた微笑も、どこか品がよく憎めない印象だった。

「こいつ、近所をウロウロしてたからさ。土地の者でもなさそうだし、声かけたらちょうどホテルを捜してるって言うんで引っ張って来たってわけ」

「あ、いや。交番でここのホテルを教えてもらったんですけど、来てみたらクローズだったんで途方に暮れていたんです。この辺、他に泊まれそうな場所ないでしょう？」

穴があくほどジロジロ見られて、さすがに居心地が悪くなってきたのか、青年は言い訳がましい口をきいてお愛想笑いを追加する。まだ五時を少し回った程度なのに背後では早くも夕陽が沈みかけており、仕立てのいいキャメル色のコートと深緑のボストンバッグが、逆光を浴びて綺麗にオレンジの縁取りを作っていた。

「……えーと、ご挨拶が遅れてすみません。こんにちは、初めまして。お世話になります」

陽光でピカピカに縁取られた彼がお辞儀をしたので、つられて兄弟たちも一斉に頭を下げ返す。ところが、潤を除いて約一名、動くことも忘れたように呆然と客に見入っている人物がいた。

「おいおい。どうした、裕？　彼の後ろに、幽霊でも見えたか？」

「えっ？　嫌だなぁ。やめてくださいよ、小泉さん。俺、そういう話はダメなんですから」

「……いた」

　ポツリと表情を変えずに裕がそんなことを言ったので、からかうつもりだった潤も「マジかよ」と顔色を変えて後ずさる。哀れな青年はどう対処したらいいのかわからず、固くなった笑顔を張りつかせたまま、救いを求めて潤と裕の間で視線をさ迷わせた。

「い、いたって言われても……お、俺はなんにも感じないんだけど……」

「いたよ。いたでしょう？　あの、この間タクシーにいたのあなたですよね？」

「タ……タクシー？」

　わけがわからずおうむ返しに答える彼に、裕は興奮に頬を染めながら大きく頷いた。

「そう。一週間くらい前、綺麗な女の人と一緒にタクシー乗ろうとしてたでしょう？」

「なんだと、綺麗な女の人だ？　聞き捨てならないな、松浦《まつうら》くん！」

　お調子者の潤がまぜっ返すような口をきき、ますます事態を混乱させる。松浦と呼ばれた青年はほんの一瞬だけ沈黙し、次いで瞳を晴れ晴れと輝かせた。

「——ああ、あの時の男の子！　君、ここの子だったのか」

「なんだよ、おまえら知り合いだったの？　裕、どういうことだ？」

「学校で父さんたちの事故の知らせを受けた時、この人が車を譲ってくれたんだ。お陰で、早く病院に行けたんだよ。女の人は渋ったんだけど、彼がいいよって言ってくれて……」

　それを聞いて、「ああ」と成り行きを見守っていた抄と茗もすぐに納得した。残念ながらどんなに急いでも間に合いはしない状況だったのだが、少なくともパニックに襲われて頼りない気持ちになっていた時、青年が与えてくれた親切はとても勇気づけてくれた。二人の兄弟は、感激した裕からその話を聞いていたのだ。

「そうかぁ……」

　深く感心したように潤が呟いた。

「それじゃ、おまえが言っていたのは、彼の背後に血だらけの女が笑ってたとか、子どもがおぶさっていたとかいう『いた』じゃないんだな？」

「……兄さん……失礼だよ……」

　この人は、何か余計な茶々を入れないと話を進められないんだろうか。

　潤の言葉に思わず脱力する裕だったが、抄の方は違っていた。潤に任せていてはいつまでも話が先へ行かないと悟ったのか、持ち前の営業スマイルに戻ってつかつかと青年の前までやって来る。茗があたふたと玄関へ走り寄り、開けっ放しだった扉を静かに閉めた。

「その節は裕がお世話になったそうで、どうも有り難うございました。兄としてお礼を申し上げます。お客様のご滞在は、何泊のご予定ですか？」

「……じゃあ、泊めていただけるんですか？」

「弟の恩人ですから、お断りするわけにはいきません。ただ、今ちょっとゴタついていまして、ご満足いただけるサービスができるかどうかは……」

「そんなこと、全然構いませんっ」

嬉しそうに微笑むと、彼は両手で抄の右手を包み込み上下に激しく揺さぶった。

「嬉しいなぁ。小泉さんは気軽に誘ってくれたけど、なんか皆さんの雰囲気が微妙だったんで半分ダメかなと思っていたんです。よかった。これで、まだ当分はこの街にいられる」

「そ……そんなに……お気に召しましたか、この街が」

「ええ、とっても。静かで運河が多くて、古い建物も多い。それに、このホテルも最高です」

それは、決してお世辞を言っている表情ではなかった。

彼は人なつこい笑みを満面に浮かべ、あまりの浮かれぶりに逃げ腰になった茗にまで握手を求め出す。その手を振り回し、面白がって割り込んできた潤の手を取り、順番に裕にまで回ってきそうになった時、抄のストップが入った。

「……詳しいお話は後にしましょう。とりあえず、お部屋へご案内を」

「ちょっと、待った。抄、おまえは残れ。話がある。裕、彼を案内してあげなさい」

「え……俺？」

突然の指名に、青年と握手し損ねた裕は思わず狼狽《うろた》えてしまう。だが、彼から与えられた手のひらの感触を背中に思い出し、急に背筋を正すような気分になった。

「うん、わかった。えーと、すぐに使えるのは三号室だよね」

「いろいろ、説明してあげてくれな。彼、少し長い滞在になりそうだから」

どこまで青年の事情を知っているのかわからないが、潤は軽い調子でそう言うとくるりと抄へ向き直った。


階段を上がっていく二人を見送ってから、抄がゆるりと微笑を崩して渋面に戻る。茗は兄たちの冷戦に巻き込まれるのを恐れてか、あっという間に自室へ引っ込んでしまった。

「……まったく。なんだかんだ、全部勝手に決めてくれましたね」

「あら、ご不満？」

「そんなにホテルを続けたいんだったら、もっと早く帰って来て、父さんたちを手伝ってくれたらよかったのに。大体、あなただけなんですよ、実際に血の繋がった子どもは」

恨みがましく漏らすと、潤は口の端を緩やかに上げてとても優しい笑い声を漏らす。

「な……なんですか」

「おまえのそういうところ、父さんたちは可愛くてしょうがなかっただろうね」

潤は肩甲骨の辺りまで流れる抄の髪を幼稚園児みたいに引っ張ると、殴られる前にさっさと厨房《ちゅうぼう》へ向かって歩いて行ってしまった。


「ここが三号室。鍵はこれです」

鉄の匂いがする大きな鍵を青年へ手渡し、裕は締め切った窓を大きく開け放す。ベージュの壁紙に薄緑色のカーテンが風に大きく煽《あお》られて、まるで蜉蝣《かげろう》の羽根のようだった。

「やぁ、気持ちがいいなぁ」

「良かった。うちは古いけど、掃除とか家具の手入れとかはマメにやっていますから」

「うん。素敵な部屋だね」

青年が満足そうに部屋を見回している様を、裕はホッとして眺める。それから改めて、不思議な再会を果たした彼の風貌をゆっくりと瞳に焼きつけていった。

この間と同じ、上品なキャメルのコート。裏地にはクラシックなチェック柄がちょっとだけ覗《のぞ》いて、青年のどこか幼さを残す笑顔とうまくはまっているように思える。

裕が戸惑ったり迷ったりしていると、さりげなく勇気づけるように撫でてくれる長い指。つい先刻も、彼が背中に手を当ててくれた温かさが懐かしかった。

「さっきのこと、ごめんな。実は、ちゃんと覚えていたんだ、君のこと」

「え？」

「ホテルに入ってすぐに、君が目に入ったからね。でも、身元の知れない男にいきなり馴れ馴れしくされたら、家族の手前、君が困るんじゃないかって思って。わかっていて追いかけてきたと思われるのも、ちょっとまずいしね。それで」

「なんだ、そうだったんだ」

覚えていてくれたのか、と裕はたちまち相好を崩す。ボロボロ泣き顔を見せたので恥ずかしくもあるが、それよりも嬉しさの方が勝っていた。

「あの……聞いてもいいですか？」

「いいよ。何？」

「うちのホテル、褒めてくれたでしょう。最高って。あれ、どうして……」

「だって、ほら」

窓枠に腰かけていた彼は裕を手招きすると、窓の外へ向かって深呼吸をする。

「このホテル、全室が通りに面して窓がついている。しかも、向こうは運河でしょう」

「はぁ……」

「運河を隔てた向かい側に連なるのは、古びた洋館と広い庭。煉瓦塀《れんがべい》の向こうに連なって見えるのは、桜の木々たちだよね？　春になったら、盛観だろうね」

「ああ、それはすごいですよ。お花見の時期には、うちのホテル地元の人で満室になるんです。皆で料理や酒を持ち寄って、各部屋を行ったり来たりして大騒ぎ。うち、屋上もあるから部屋に入れない人はそこにシート敷いて、もうお祭りみたいです」

ついでに、古い洋館の一つは現在図書館として使われていて、広大な庭園も桜の時期だけ夜間にライトアップされるのだとつけ加えた。

「いいなぁ、楽しそうだなぁ」

聞いているだけでワクワクしてくるのか、彼はまだ冷たい風に目を細めながら、早くも春の風景を瞼《まぶた》に思い描いているようだ。どこか浮世離れした表情さえなければ、端正な横顔は三揃《みつぞろ》いのスーツとか洗練されたデザインの眼鏡なんかが似合いそうで、裕はふと気後れを感じてしまった。

「あれ、どうしたの？　急に黙り込んじゃったね」

「な……なんでもないです。あの、春もいいけど、冬でもいいことありますよ」

胸に兆した淋《さび》しさの正体がわからないまま、裕は勢い込んでしゃべり出した。

「冬の晴れた日は、夜になると月がすごく綺麗に見えるんです。ここからだとちょうど図書館の真上辺りになるんだけど、この部屋は一番眺めがいいですよ」

「月見もできるのか。じゃ、やっぱり地元では評判なんじゃない？」

「内緒なんです」

「え？」

「桜は有名だけど、月は皆には内緒なんです。俺が発見して、誰にも言ってないから」

「………」

打ち明けるなり青年が黙ってしまったので、しんと沈黙が部屋に降りてきてしまった。

困ったな、と内心裕は後悔した。

簡素なベッドや年代物の木枠の鏡などが、静かになった空間では妙に饒舌《じょうぜつ》に感じられたりする。普段ならそういう空間も好きだったが、今はそんな悠長なことを言っている場合ではなかった。何かまずいことでも言ったのか、それとも、あまりにくだらない話だと呆れられたのかとあれこれ必死に考えたが、沈黙の理由がどうしてもわからない。

「あの……すみません」

「え？　どうしたの、急に」

「だって、いきなり黙っちゃったから……。俺、何か失礼なことでも言ったかと思って……」

「ああ、ごめん。違うよ、全然違う」

項垂《うなだ》れた裕の様子を見て、彼は慌てたように気まずい空気を両手で払った。

「違うんだ。誤解させて、ごめん。むしろ、その逆なんだって」

「逆って……」

「だからね、誰にも内緒の話を特別公開してもらったんで、嬉しかったんだ。それに、これで俺にも真冬のお楽しみができたわけだろう？　桜の季節までいられればいいけど、それはきっと無理だろうからね。でも、いいことを聞けたよ。どうも有り難う」

有り難うとお礼を言われて、裕は思わず真っ赤になった。

思えばタクシーを譲ってもらった時、パニックに陥って涙腺《るいせん》が壊れてしまった自分はろくにお礼も言っていなかったのだ。だから、本当なら「有り難う」と言わなければならないのはこっちの方だ。

「あ……えっと、それじゃ俺はこれで失礼しますね。何かあったら、サイドテーブルの電話で呼んでください。フロントに直通ですから。えっと……あと、何かご質問は……」

「あります。君の名前は？　俺は松浦浩明です。来月で二十六になる」

「あ……俺は小泉……小泉裕です……高校二年です……」

「裕くんか。これから、しばらくお世話になります」

浩明の柔らかな手のひらが、逃げる間もなく裕の手を摑《つか》んで握りしめる。背中で感じたのよりももっと高い体温が、直《じか》に指を伝って裕の身体へ流れ込んできた。

こうして、再スタートを切ったホテル『小泉館』に最初のお客がやって来たのだった。

◆◆◆ 2 ◆◆◆

エマは本名を林田衣麻《はやしだえま》という、れっきとした日本人だ。

たとえ彼女が髪をストロベリーレッドのクルクルにして青いカラーコンタクトをしていようとも、細くて長い手足を女王様系の黒いタイトなミニから生えさせようとも、高校中退で遊んでいる日本国籍の十九歳のコムスメである事実に変わりはない。ちなみに彼女は小泉家の近所に住んでおり、個性豊かな四兄弟のことは、十九年分知っている間柄でもあった。

「だからって、なんでこんな安い時給で働かなくちゃなんないかなぁ」

微妙に三ミリはみ出させて描いた唇を大きく開けて、エマは大儀そうに欠伸《あくび》する。彼女の足許ではマウスが健やかな寝息をたてていたが、ピンヒールの踵《かかと》が鼻先で揺れているというのによく熟睡できるもんだと潤はそればかりを感心して見ていた。

「何、脚ばっか見てんのよ。相変わらず、スケベな男ね」

「……エマちゃん。相変わらずって……俺がここにいた時、君はまだ九つでしょうが」

「いいから、先を続けてよ。明日からランチ始めるって、本気なの？」

「本気。昨日、ホテルも再開したんだ。お客も一人だけど来てるしね」

「あたしの時給が、八百円ってのも本気？」

「もちろん」

「――やってらんないわ」

椅子の背もたれに思いっきりそっくり返って、エマは乱暴にレストラン内に視線を巡らせる。小さい時から通い慣れたこの場所は、レストランと言うよりは食堂と言った方が相応しく味も内装もそこそこ二流というのが正直なところだ。テーブルが四つの他は五人がけのカウンターがあるだけなので、二十人も入れば一杯になってしまうだろう。

「ま、しょうがないか。メインの利用者は、ホテルのお客だったんだもんね」

「そうなんだよ。なんせ、客室五部屋で細々やってたからねぇ」

「でも、大丈夫なの？　駅向こうの開発地域と違ってこっちはオフィスも少ないし、マスコミで取り上げられるような有名な店でもないのにランチでお客が入るのかなぁ」

エマが不安げに目を瞬かせ、彼女の睫毛エクステも一緒になって重たく揺れた。

浩明をホテルへ連れて来た翌日から、潤は精力的に動き出した。皆に宣言した通りエマを説得してバイトに駆り出し、いよいよ新しい『小泉館』に活気を吹き込もうというのだ。抄はなんだかんだ文句を言いつつもランチの仕入れ代を捻出《ねんしゅつ》すべく頭を捻《ひね》っていたし、茗はご近所の奥さん連中に受けがいいのを利用して宣伝に努めている。このコンビネーションのよさは、彼らの大きな武器と言えるだろう。

けれど、残された一人の存在がエマは気にかかる。

「ねぇ、そういえば裕は？　あの子は何も手伝わないの？」

「いや……うちの唯一の宿泊客を頑張ってもてなしているよ。ベッドメイクから掃除、備品のチェック、街の案内まで精力的にこなしているし」

しかし、潤の言葉だけでは安心できないのか、エマは難しそうな顔のままだ。彼女があまり険しい表情をしているので、潤がからかうように口を開いた。

「なんだよ、エマちゃん。あいつが心配かぁ？」

「……なんか、あいつボーッとしてるしさ。要領も悪いしねぇ」

「おいおい、母親みたいな口ぶりだな」

「おじさんとおばさんが亡くなって、一番ダメージ受けてるのあの子だと思うんだ……」

「…………」

エマのいつになく神妙な声音に、さすがの潤も気軽に言葉を返せず沈黙する。確かに、裕は兄弟の中でも一番おとなしく繊細で、あまり存在感が強くなかった。見かけだって小動物のようで可愛い（本人は喜ばない褒め言葉らしい）のだが、並外れて綺麗な容姿をしている抄がいるせいか、どうも並ぶと平凡な印象は免れない。

けれど、それだけに放っておけなかったのか、亡くなった両親はとりわけ裕のことを気にかけていたようだ。四人の内の誰かが贔屓《ひいき》されるなんてことは絶対になかったが、それでも裕が特に両親をハラハラさせていたのは事実だった。

「……可愛がられていたからなぁ」

そう考えると、ちゃきちゃき一人で生きていけそうな他の兄弟に比べ、潤も裕が不憫《ふびん》に思えてくる。まして、母性本能を生まれながらにして持つ身のエマなら尚更だろう。

「まぁ、お客さんの面倒見られるくらい元気あるならいいんだけど。それにしても、その客も物好きだよねぇ。こんな退屈な街の、どこがいいのかな。一体、何してる人？」

「さぁねぇ……」

「さぁねぇって、宿帳書いてもらったんでしょ？」

「それは、抄の管轄だからな。俺、ホテルの前であいつ拾って、連れて来ただけだもん」

「――いい加減なヤツ……」

バイトが始まったら落とすように、と厳命を受けた派手なネイルアートの爪に、エマはふうと何度目かの溜め息を吹きかけた。

「明日の昼食までは、ホテル側で食事を用意することができません」

前もってそう伝えられていたのだが、何せ土地勘がない場所なので、どこで食事をしたらいいのかが浩明にはよくわからない。とにかくこのホテルの置かれた環境といったら静かでとても素晴らしいのだが、周囲にあるのが図書館、大きな公園、小さな薔薇《ばら》園、アンティークショップに靴屋に本屋と、後はどこまでも住宅街が続いている。カフェなら公園にもあるがサンドイッチくらいしかメニューがなく、しかも夜の八時には閉まってしまうのだ。

「じゃあ、俺がどこかご案内しましょうか」

裕がそう言い出してくれた時は、心底ホッとした。とにかく旅先での楽しみは、やはり食事の占めるウエートが大きい。そんなわけで、潤がエマとランチの相談をしている頃、三号室では裕と浩明が頭を突き合わせて昼食の計画などを検討していた。

「えっとね、ここから十分ほど歩いた先に、小さな老人ホームがあるんだ。そこの食堂ってあんまり知られてないんだけど一般にも開放されていて、安いしなかなかおいしいよ」

「へぇ……老人ホームかぁ」

「本当は、うちから数えて十番目の橋を渡ると貿易会社のビルがあってね、そこの社員食堂の方が内容はリッチなんだけど、水曜のサービスデーまで待った方が得だから」

裕は学校から直行で浩明の部屋へ来たので、まだ制服姿のままだった。あまり見かけない濃紺の詰襟を見た浩明は、なんとなく落ち着かない気分になる。

「……なんか、自分が変態ジジイになったみたいな気分だ……」

「え？　なんか言った？」

「いや……裕くん、ずいぶん詳しいんだね。高校生にしては、渋い知識が一杯じゃないか」

「ここら辺、あんまり娯楽ってないでしょう？　だから、お客さんに喜んでもらえそうな情報はなるべく仕入れるようにしてるんだ。食事関係の他にも開業して五十年の釣り堀とか、庭のプールやテニスコートを無料で貸してくれるお屋敷とか、いろいろあるよ」

褒められたのが素直に嬉しかったのか、控えめではあったが裕は生き生きと街の情報を説明し始めた。聞けば、裕自身が店や屋敷の人と親しくしているため、ホテルの客に限ってのサービスをしてくれる所も少なくないらしい。

「へぇ……立派な跡取りじゃないか」

「え……」

浩明は本心からそう言ったのだが、一瞬にして裕は顔を強張《こわば》らせ、強い調子で首を振る。

「何、言ってるの。俺なんか、全然ダメだよ。兄弟の中で、一番出来が悪いんだから」

「出来って……誰かがそんな風に言ってるの？」

「べ、別に言われてないけど……。でも、俺は皆みたいにテキパキしてないし、のんびりしていていつもテンポがずれちゃうし、学校の成績だって平凡だし」

何もそこまで正直に言わなくても……と思うのだが、生来が嘘やごまかしの苦手な方らしく、裕は学校でもこんなドジをして笑われたとか、お客にあんなヘマをして叱られたとか、放っておけば過去の恥を全部浩明へさらけ出しかねない勢いで話し出した。

「……それに、家出していたって潤兄さんはちゃんと手に職をつけて帰って来たし、抄兄さんがいなくちゃホテルも家も目茶苦茶だし……あと、茗はすごく頭がいいんだ。一家の期待の星なんだよ。あいつ、知能指数が百八十もあるんだって。すごいでしょう？」

「うん、それはすごい。でもね、裕くん」

「何？」

「おいしい食べ物屋や面白い穴場をたくさん知っているのも、相当すごいことだと思うよ」

「………」

「それに、君は自分のことはダメだって言いながら、兄弟の長所は僻《ひが》んだりしないでちゃんと認めてる。それだって、すごいことだと俺は思うな。君は、本当に家族が好きなんだね」

浩明の言葉を聞いた裕は、心底驚いたような顔をしてしばらく黙ってしまった。

裕は、自分が僻む隙もないほど家族に愛されているのを知っている。亡くなった両親を始めとして、兄弟は誰一人ペースの合わない裕を疎んじることもなく、今日まで温かく見守ってくれていた。けれど、それだけにますますコンプレックスは膨らんでいって、なんだか自分にはいいところが一つもないような気分になる時があるのだ。『皆に守られている』『庇《かば》われている』。特に両親が亡くなってからは、それだけにしか自分の存在理由がないような気がして、ひどく塞《ふさ》いだ気持ちになってしまう。我儘《わがまま》、贅沢《ぜいたく》だと言われそうで口に出せなかったが、それが裕の本当の気持ちだった。

でも、浩明はそんな裕から上手にいいところを掬《すく》ってくれた。無理なく、ありのままの裕からたくさん美点を拾い出してくれたのだ。これまでそういう経験がなかっただけに、裕の受けた感動はとても深かった。

「――さ。それじゃ、老人ホームまでゴハン食べに出かけようか」

腰かけていたベッドから立ち上がり、浩明が床に座り込んだ裕へ手を差し伸べる。裕は恐る恐るその手を取り、心臓が飛び出すかと思うほどの動悸《どうき》を堪《こら》えてそっと力を込めた。

「……どうも有り難う。松浦さん……」

「こちらこそ、助かるよ。なんせ、食事の相手までしてもらってる」

裕の呟きを別の意味に取ったのか、浩明は引っ張り上げながら微笑を返してくる。しっかりと繫がれた手の温《ぬく》もりに裕がどれだけ逸《はや》る鼓動を抑えているかなんて、もちろん彼は想像もしていなかった。

ランチの始まった『小泉館』のレストランは、思いの外に盛況なスタートを切った。

これには茗の功績がかなり大きく、年上受けの素晴らしくいいキャラクターを生かして、ご近所はもとより、ちょっと奥まった高級住宅街の奥様連中にまでランチの前評判を煽ったのだ。最初のお客が口コミで次のお客を呼び、後は苦労などしなくても自然と人が集まるようになった。

「こうなると、オフィス街になんかなくて逆によかったですね」

潤が腕をふるうことには最後までいい顔をしなかった抄だが、さすがにここまで順調にいくと彼の実力を認めないわけにはいかなくなる。けれど素直に褒めるのも悔しいので、ついこんな捻くれた言い方をしてしまうようだ。

「オフィス街にあったら、エマだけじゃ人手が足りなかったもんな。おまえもウエイターの格好して、店中を走り回らなきゃならなかったかも」

「……必要なら、やりますけど？」

「いやぁ、やめときなさいって。似合いすぎるから」

それは一体どういう理屈だと突っ込んでやりたかったが、下手に話に乗ると墓穴を掘りそうな予感がしたので我慢することにした。ランチが終わって昼休みに入った今、わざわざこうして人気の消えた店内で顔を合わせているのは、くだらない口喧嘩をするためではない。

抄は後片づけの済んだテーブルの一つに腰を下ろし、潤が出してくれたコーヒーを一口飲んでから再び口を開いた。

「……実は、あなたが連れて来たお客のことなんですが」

「松浦か？　あいつ、なんかしたのか？」

「彼、一体どういう人なんですか？」

あまりに深刻な顔で問い詰められて、潤はつい身体を引きそうになる。それでなくても生真面目な抄に毎日あれこれ説教ばかりされていて、内心ウンザリしているところなのだ。できれば適当に返事して逃げたいところだったが、厳しい弟はそれを許してくれないだろう。

「どういう人って……いい奴だよ」

「僕が言っているのは、職業とか実家とかです。働いているようにも見えないし、この街にだってどうして滞在しているのか見当がつかない。毎日、散歩して図書館行って公園で昼寝して。しかも、この寒いのに夜になると窓を全開にしてボーッと空を見てるんですよ？」

「……抄くん。お客様のプライバシーを、なんだと思ってるんだ？」

「別に、見張ってたわけじゃありません。裕くんに話しているのが、聞こえただけです。昨晩も月が綺麗だったとか、三号室は特別だとか……」

多少言い訳めいていたが、抄はすぐさま声のトーンを落として先を続けた。

「それに、問題はもっと別なところにあるんです」

「……へぇ……。それじゃ、それを伺いましょう」

「彼が宿帳に書いた住所と電話番号は、デタラメでした。念のため連絡を取ってみたら、その番号には全然関係ない人が住んでいたんです。どういうことでしょう」

どういうことかと言われても、その理由を潤が知っていると本気で思っているのだろうか。ホテルの前で浩明と会ってホテルへ連れて来た、そう説明しているはずだが、それだけでは抄は納得していないのかもしれない。

潤は胸許のポケットから潰《つぶ》れた煙草の箱を取り出すと、いかにも考えているようなポーズを取るためにゆっくりとそれを口に銜《くわ》えて火を点けた。

「だけどなぁ……」

「それ、なんです？」

「うちには、そんなに珍しいか？　宿帳にデタラメの住所書くくらい、よくあることじゃないか」

「うちには、そんなお客様はいませんっ」

一体、何をそんなにムキになっているんだか、抄は一歩も引く気を見せない。大体、普通だったら余程のことがない限り、宿帳に書かれた住所の確認なんて取らないものだ。要はきちんと最後に支払いがあればいいのであり、ホテル側は満足いくサービスが提供できれば問題はないのだから。

「……抄くん」

「な、なんですか」

「なんか、君の態度変だよね？　松浦くんに、何か恨みでもあるのかな？」

ゆっくりと煙を吐き出しながら、ちくちくと回りくどく潤が攻め始める。難攻不落に思われがちな抄だが、意外に感情を激させるとボロを出すことも多く、そこら辺は仮にも兄弟をやっているのだから潤にもよくわかっていた。

「ほぉら、正直に言ってごらんなさい。何か含みがあるのは、おまえの方なんだろう？」

「ぼ、僕は何も……ただ、あんまり奇妙なお客だし、こんな季節外れな時期に一人でやって来て毎日ボンヤリとしているし、しかもいつまでいるか言わないし……だから……」

「……抄。おまえ、まさか」

「だから、僕はてっきり彼が」

「大変だ！」

緊迫した雰囲気を破って、突然裕が血相を変えてレストランへ駆け込んで来た。

「大変、大変なんだ。松浦さんが……っ」

「なんだって、松浦が？」

「ああ、やっぱりっ！」

裕が最後まで言う間もなく、抄がテーブルの上に突っ伏してしまう。珍しく真剣な面持ちの潤は、かけるべき言葉が見つからない様子でしばらくそのまま口を開けなかった。

「——兄さん？　どうしたの、おっかない顔しちゃって……抄兄さんも……」

「裕……おまえ……おまえが、発見したのか？」

「そ、そうだけど……？」

「部屋でか？　それともバスルームか？」

「え……ベッドで……」

「ベッドだとぉ！」

あんまり大きな声で訊《き》き返されたので、裕はびっくりして潤と抄を交互に見つめる。明らかに大袈裟な兄たちの反応に、そもそもどうしてここへ飛び込んで来たのかうっかり忘れそうになってしまった。

「あの……俺……そうだ、こんなことしてられないんだよ。兄さん、アイスノンある？」

「アイスノン？　そんなもんなくったって、今は一月だぞ。腐りゃしないよ」

「腐るって……何が？」

「おまえ、何とぼけたこと言ってるんだ。死体だよ、死体。おまえが見つけたんだろ？」

「死体？」

潤から投げられた聞き捨てならない単語に、思わず裕の声も大きくなる。

「死体って、一体なんのことだよ。兄さん、何考えてるの？」

「だって、おまえが言ったんだろうが。ベッドで死体を見つけたって」

「言ってないよ、そんなこと！」

「じゃあ、大変だって飛び込んで来たのはどうしてだ？　アイスノンは、何故《なぜ》必要なんだ？」

「松浦さんが、熱を出したからだよ！」

いい加減切れかかった裕が目一杯声を張り上げたので、鼓膜を直撃された潤と抄は言葉の意味を理解するまでに数秒かかった。

やがて。

「……熱？　それだけ？」

「死んでたんじゃ……」

まだ寝ぼけたセリフをはいている二人に、裕の怒りを含んだ一声が飛ぶ。

「いいから、さっさとアイスノン！」


「それじゃ、君のお兄さんは俺がこの街へ自殺しに来たって思っていたのか」

裕から一部始終を聞かされた浩明は、おかしくてたまらないといった顔をしている。

「笑いごとじゃないですよ。もう呆れました」

「まぁまぁ。それも俺を心配してくれてのことなんだから、有り難いよ」

口では殊勝にそんなセリフを吐いているが、彼が面白がっていることは明白だ。熱が三十八度もあるくせに、ベッドに横になってもしゃべり続けて少しも休もうとしない。

「……松浦さん。それより、身体の具合はどう？」

「ああ、大丈夫だよ。熱のせいで節々が痛むけど、これはもうどうしようもないから。それにしても、熱なんか出したのすごい久しぶりだ。健康には自信があったんだけどな」

「そうかなぁ。松浦さんて繊細そうで、タフってイメージじゃないけどなぁ」

「言ってくれるね。この四、五年はずっと海外を回っていたけど、病院のお世話になったことなんか一度もなかったんだよ。どんなハードスケジュールでも、全然平気だったんだ」

珍しく浩明が自分のことについて漏らしたので、裕はハッとして彼を見つめた。浩明とは何度も食事を一緒にしたし、ホテル内では一番親しくつき合ってもいるが、出る話題といえば街の様子やホテルのことがほとんどで、未だに裕は彼の職業すら知らないのだ。

もちろん裕だって、浩明のプライベートな話題に興味がないわけではない。だが、たまに勇気を出してあれこれ尋ねてみても、大抵は例の柔らかな微笑でごまかされるのがオチだった。それを蹴散らしてまで知ろうとは、さすがに思わない。そんなことをして嫌われたらと思うと、怖くてとてもできなかった。

それなのに、急にどうしたんだろう。

熱のせいかもと心配になり、裕は本気で医者を呼ぼうかと考え始める。その裕の右手を、いつもよりもずっと熱くなった指がちょんちょんとつついた。

「いいから……心配しなくても、大丈夫だから」

「でも、もしも大変な病気だったらどうするの？」

「言っただろう？　健康には自信があるって。ちょっと、今までの疲れが一度に出ただけだよ。この短期間に、いろいろなことがあったから。裕くんは心配しなくていいんだよ」

「何、言ってるんだよ。心配しないわけないだろっ」

　唐突に浩明の指を振り払い、ベッドへ身を乗り出して裕は怒った。

「松浦さん、病気なんだからもう少し素直になってよ。俺は心配したいんだから。松浦さんの看病がしたいんだよ。それなのに、そういうこと言われると悲しいよ」

「裕くん……」

　横たわる浩明の瞳が、間近に迫る裕で溢《あふ》れそうになる。真摯《しんし》で必死で一生懸命な、初めて出会った時と同じ表情がそこに浮かんでいた。今、この子は自分のためにこんな顔をしている。そう考えた瞬間、浩明の胸に不思議な痛みが生まれた。

「……ごめん……」

　乾いた唇で、気づけばそんな芸のない言葉を呟いている。でも、自分のセリフに裕が潤んだ瞳でニッコリ微笑んだので、浩明はそっと安堵《あんど》の吐息を漏らした。

　この子が、泣かないで済むといい。

　最初に裕を見送った時も、自分は同じことを思ったのだ。

「涙腺、弱いの？」

「……こっ、これは興奮したからでっ」

「でも、最初の時も泣いていたよね」

「あれは……あれは、忘れてください……」

消え入るような声を出して、決まり悪げに裕は目を伏せてしまう。失敗したなと心で反省し、浩明は再びゆっくりと唇を動かした。

「あのね。よかったら、もう少し近づいてくれるかな」

「近づくって……でも、松浦さんしんどくない？　これ以上は、体重がかかっちゃうよ？」

「平気。君は、俺より更に細くて小さいから」

あまり嬉しくない理由だったが、笑顔交じりの声に背中を押され、裕は遠慮がちに身体を浩明へと傾ける。ちょうど彼の胸の上に頭を突き出すような感じになったので、このまま倒れ込んだらまるで抱きついているみたいだとふと思った。

（うわ……どうしよう）

困ったことに、そう意識した途端、急に身体が熱くなってくる。

「顔、上げて」

裕の動揺も知らずに、浩明は無情にもそんな要求をしてきた。けれど、この状態で顔を上げたらまともに目を合わせてしまうので、裕にはどうしてもその勇気が出ない。いくら親しくしているからといって同性と身体を寄せ合ってドキドキしている自分は、浩明の目にとても奇異な人間に映るだろう。それがわかっているだけに、どうしたらいいのかわからない。

「裕くん、どうしたの？　大丈夫、風邪じゃないからうつらないよ」

「……なんで」

「え？」

「なんで、そんな近くで俺を見たがるの？　俺、嫌だよ。気……気が進まない……」

あくまで床に視線を落としたままで、裕の懸命な抵抗は続いた。

「松浦さんの看病はしたいけど、これは……ちょっと違うと思う」

「ああ。それは、違うよね」

意外にも、あっさりと浩明はそれを認める。狼狽えまくっている自分と比べ、浩明の声はなんと落ち着いて涼やかなんだろう。裕はますます恥ずかしくなり、できればすぐにでもベッドから離れてしまいたかった。

「裕くん。お願いだから、顔を上げてくれないかな。俺、君の顔が見たいんだ」

「……どうして？」

「どうしてって……うーん、あのねぇ……」

浩明は言い難《にく》そうに言葉を濁したが、ついに観念したのかポツリと呟いた。

「実は、君の目が潤んでいないかどうか、それを確かめないと心配なんだ」

「俺の目って……」

「そう。だって、やっぱり涙腺が弱いよね？　だから、つい心配になっちゃうんだよ」

「心配……？」

思いがけない理由に、反射的に裕は浩明の望み通り顔を上げてしまう。

その目はまだ潤んではいたが、かろうじて滴には至っていなかった。

「——よかった。今日は、大丈夫だったみたいだね」

熱で苦しいのは自分の方なのに、浩明は心底ホッとした声を出す。彼は、そっと指先を裕の頬に当てると、前と同じ願いをもう一度優しくくり返した。

「君が、これからもなるべく泣かないで済むように」

「俺、別にそんなにしょっちゅう泣いてなんかいないよ」

「わかってるよ。でも、少しだけ目が赤いよ?」

本当は赤いのは瞳だけでなく、裕の顔も全体的にうっすらと染まっていたのだが、それが自分の指の引き起こしたものだとはさすがに浩明も気づかない。

けれど、頭で考えるよりも先に、浩明の指は裕の頬から顎まで滑り落ちていった。

これから、自分は一体何をしようとしているのか。

それを知っているのは、恐らくこの指だけだ。

浩明は目の前の裕の顔を眺めながら、感心したように微笑んだ。

「ホントに、小さい顔だなぁ……」

「……それは、褒めてるの……?」

「その口は、今日とてもよく動くね」

「だって浩明さんが……」

不意に。

会話なんか、どうでもよくなった。

顎に留まった指が、そのまま静かに裕を引き寄せる。吐息がかかるほどの距離にお互いの唇が近づき、裕のそれは重ねられるのを震えて待っていた。

「ん……」

遠慮がちだった口づけは、すぐに深く情熱的なものへと変わっていく。浩明の動きに翻弄《ほんろう》されながら、裕は瞼の奥でいくつもの光が弾《はじ》けるのを感じていた。吸われた唇は甘く痺《しび》れ、舐《な》められた歯が切なく疼《うず》く。漏れる溜め息さえ、自分のものではないような気がした。

「……う……ふ……」

「裕くん……」

ようやく解放された後では、まともに浩明の顔を見ることさえ難しい。裕は彼の額にある冷却シートを鷲《わし》掴みにすると、「と……取り替えてくる！」とぶつけるように叫び、そのまま部屋から逃げ去るように出てしまった。

「……熱が」

三号室から離れた途端、足からくたくたと力が抜けていく。

脱力した裕は壁に背中を押しつけると、ずるずると廊下へ座り込んでしまった。

「熱が……熱があったんだ……」

それは、浩明にだろうか？

それとも、自分に？

「……うん……熱があったから。だから……」

呪文のように同じセリフをくり返し、唇に移った浩明の体温を懸命に忘れようと努力する。

けれど言い訳を重ねれば重ねるほど、裕の心は本気へと傾いていくばかりだ。

「熱があったんだから……しょうがない……」

胸から溢れ出る止めようのない想いに、裕はとうとう目を閉じる。

どんな言い訳や理屈、ましてや都合のいい呪文なんかで消せるはずもない。

浩明に恋をしている自分に、唇だけは嘘がつけなかった。

裕を惑わせた罰なのか、浩明の熱はその後も一週間近く続いた。

本人は気楽に構えていたのだが、熱はたまに四十度近くなる時がある。さすがにそういう場合はしんどそうにしていて、兄弟たちの同情を大いに買った。

ホテルのお客は未だに彼一人しかいないし、滞在を始めてかれこれ三週間が過ぎようとしている。そのせいか、浩明は今や『小泉館』の一員として皆に馴染んでいた。その彼がなかなか復活できないので、最初は裕だけだった話し相手も、現在では日替わりでシフトが組めるくらい充実した顔ぶれとなっている。

「うん、三十七度五分。けっこう下がってきましたね」

抄が電子体温計を見つめ、温かな笑顔を浩明へ向けた。

今日は、昼食を運んで来た抄がついでに体調のチェックをしてくれている。裕はさすがに気まずいのか初めほど頻繁には部屋へ来なくなったが、それでも学校から戻れば一回は必ず顔を見せてくれた。だが、どこかよそよそしい態度なのは否めない。それも仕方がないよなと、浩明は重たい気分で納得していた。彼だって自分の犯した愚行が情けなかったし、まだまともに裕と向き合うのは正直言って怖かったのだ。

3

もう一度正面から裕を見てしまったら、きっと口づけの理由がはっきりしてしまうだろう。けれど、できればほとぼりが冷めるまで、浩明はその問題を避けたいと思っていた。相手は涙腺の弱い十七歳の高校生で、おまけに詰襟なんか着ているれっきとした男の子だ。

「どうしたんですか、ボケッとして。食欲、出ないんですか？」

「え？　ああ……すみません、いただきます」

それでも、気を抜くとつい裕のことを考えてしまう。しかし、まさか抄に向かって「あなたの弟さんにキスしたんです」とも言えないので、浩明はとりあえず潤特製の病人用ランチへ意識を集中することにした。

「相変わらず、病人食とは思えない充実ぶりですね。嬉しいなぁ」

トレイを見て思わず出た言葉は、決してお世辞ではない。潤は店のメニューとは別に、浩明のために胃に軽くて栄養のつくものを工夫してくれていた。

今日のメニューはポテトとトマトのプチサラダと赤ピーマンのソースを絡めたペンネ、それに煮詰めたリンゴにクリームを載せたデザートが色鮮やかに用意されている。その繊細な盛りつけを見ていると、潤の人を食ったようなふざけた性格がどうしても納得いかなくなるのだが、どうやら抄も同じ感想を抱《いだ》いているらしい。彼にしてみればレストランがこんなに流行っていることだって、どこか素直に喜べない気持ちらしいのだ。

「だって、そうでしょう？　あの人、調子がよすぎると思いませんか？　親も僕たちも何もかも放ったらかして出ていったくせに、十年ぶりにのほほんと帰って来て。そしたら、すぐに我が物顔ですよ？　その間、僕がどんなに苦労したか知りもしないくせに」

「でも、レストランが評判になって、ホテルの方もいい宣伝になっているんでしょう？」

「……そうですね。今は予約ゼロですが、確かに春の問い合わせが何件か来ています」

「だったら……」

「でも、悔しいんです」

浩明の温和な取りなしにも耳を貸さず、抄は本気で悔しげな顔をする。

「僕は、ずっと裕と茗のいい兄であろうと努力してきました。いなくなってしまったあの人の分も両親の力になれるよう、ホテルのために尽くしてきたつもりです。でも、結局いざホテルが危ないとなった時に力になったのは、やっぱり実の子どものあの人なんです。それが、悔しいです」

「え……実の子どもって……」

「あ、松浦さんは知らないんですよね。僕と裕、茗の三人は、もともとこの家の養子なんです。いろいろ事情がありまして、全員が子どもの頃に小泉家に引き取られたんですよ。もっとも茗なんか物心つく前でしたから、このホテルで生まれ育ったようなものですけどね」

「本当ですか？」

「ええ。でも気にしないでくださいね。別に秘密じゃないんです。皆、知っていますから。

そういうわけで、僕たち四兄弟は全員血の繋がりのない赤の他人です。小泉家の実子は、潤さん一人だけなんです」

「そうだったのか……あんまり似てない兄弟だとは思ったけど……」

抄の口から聞かされた思いがけない事実に、浩明はつい食べるのも忘れて考え込んだ。両親を亡くしたばかりとはいえ、普通よりも結束が固い兄弟だとは思っていた。だが、その裏にそういう複雑な事情があったなんてまるきり想像もしていなかった。

血の繋がりって、なんなんだろう。

浩明はサイドテーブルに置かれた兄の腕時計をちらりと見つめ、ふっと溜め息をつく。

「……実は、俺にも兄がいたんです」

「いた……と言うと」

「事故に遭って、亡くなりました。半年前です」

「ああ……そうですか……」

事故と聞くと、やはり他人《ひと》ごととは思えないのだろう。痛ましげに眉根を寄せ、抄は濃い睫毛を震わせた。白い肌に微《かす》かな影が落ち、彼の際立った容貌が一層艶を増す。

「兄とは、主に海外で一緒に仕事をしていました。車道に飛び出した子どもを助けようとして、車に轢《ひ》かれたんです。俺は仕事に気を取られていて、一歩も動くことができなかった。我に返った時には、もう何もかも遅すぎました。今でも、すごく悔やまれます」

「松浦さん……」

「たとえ血が繋がっていなくても、小泉さんのところは皆が助け合って仲良くやっている。俺、すごく羨《うらや》ましいです。だから、潤さんがズルいなんて、そんな風に思わないでください。彼だって、このホテルを愛しているからこそ戻って来たんだと思います。現に、あの人はこんなに素晴らしい料理の腕を持っている。これならどこの一流レストランでもすぐに働けただろうに、彼はそうしなかった。それだけでも、充分気持ちが伝わるじゃないですか」

浩明の言葉は、しんみりと抄のささくれた胸に染み込んでいった。

本当は、抄だってちゃんとわかってはいたのだ。潤が、決して自分の都合だけでここに留《とど》まっているのではないだろうと。そうして、確かに今のホテルには彼の力が必要だ。

けれど、頭ではそれが理解できても、潤を前にするとどうしても素直になれなかった。十年前に出て行った時、誰よりショックを受けたのが自分だったから。しかも、不法就労のイタリア人を追いかけての駆け落ち同然の行動には、なんだか裏切られたような気分まで味わった。それまで、抄は五歳年上の兄をとてもとても尊敬していたのだ。

「ねぇ、抄さん」

浩明は優しく語りかける。

「潤さんは、ああいう性格ですから誤解されることも多いでしょうが、よく抄さんが言っているみたいな大雑把で無神経な人間に、こういう料理は作れないと思いますよ」

「……松浦さん。もしかして、あの人のことよくご存じなんですか？　潤さんは、あなたをうちの前で拾っただけで素姓も何も知らないようなことを言っていましたけど……」

抄がふと思いついた疑問を投げかけてみると、浩明の表情が僅《わず》かに揺れた。それはごく微妙な変化ではあったが、抄の瞳はそこから幾つかの可能性を読み取る。そして、少なくともその内の一つは間違いなく事実だろうと思われた。

恐らく、潤と浩明はここへ来る前からの知り合いだったのだ。

「まいったなぁ……いや、取り立てて隠すようなことではないんですけど……」

ペンネを次々とフォークに突き刺し、浩明は決まり悪さをごまかすようにそれらをどんどんと口へ放り込んでいった。

「……うん、美味《うま》い。冷めても、充分イケますね」

「松浦さん」

「嫌だなぁ。そんな厳しい顔で、迫らないでください。わかりました、白状します。そうです。確かに、俺は潤さんを知っていました。去年、イタリアで知り合ったんです」

「やっぱり……。でも、それならどうしてわざわざ隠したりなんか……」

「多分、俺が兄の事故から立ち直れていないんで、気を遣ってくれたんだと思います。初めから知り合いだって紹介すると、自然と経緯を話すことになるでしょう？　知り合ったきっかけとか、俺が何をしている人間かとか。でも、この街へ来た当初、俺は本当に落ち込んでいて、今までの仕事もやめようと思っていました。俺のことを誰も知らない場所で、ひっそり過ごしたかったんです。そんな心境を察して、知らん顔をしてくれたんでしょう。ホテルの前で出会ったのは、本当に偶然だったんですけどね」

兄の突然の死によって、浩明はそれまで一緒に組んでいた仕事を一人では続ける気になれなくなってしまった。そこで逃げるように、イタリアから日本へ帰って来たのだ。

「ですから、俺が自殺するんじゃないかって勘ぐった抄さんの考えは、満更見当外れってわけでもないんですよ。目的を見失って、ボーッとしてたし。潤さんも悪ノリしてましたからね」

「……その話をされると、お恥ずかしいんですけど……」

思い出すと苦々しい気持ちになるのか、抄の表情が複雑そうに歪む。

「松浦さん。あの……もう一つ訊いても構いませんか？」

「いいですよ、どうぞ」

「お兄さんと組んでいたお仕事って、なんだったんです？」

一瞬、浩明の返事が滞った。

恐らく、まだ完全には兄の事故を過去のものとして捉《とら》えられないからだろう。抄にも兄弟はいるし、肉親を事故で失ったばかりだから浩明の受けたショックは理解できた。

「あの、やっぱりいいです。すみません、調子に乗りました」

「……いえ、気にしないでください。今更隠しても、意味がないことだから……」

そう言った浩明の唇に、皮肉めいた笑みが刻まれる。穏やかで坊ちゃん然とした彼にこんなシニカルな表情が潜んでいたなんて、抄は想像もしていなかった。

「兄は建築家で、俺はカメラマンをしていました。彼が海外の建造物や街を見に行く時、一緒について行って写真を撮るんです。その内、兄はヨーロッパの石畳のデザインに興味を持ち始め、俺もそっち方面ではずい分写真を撮りました。写真集を出したりして……」

「写真集？　すごいじゃないですか」

「俺たち兄弟には、いいスポンサーがついていましたから」

初めは辛そうだった瞳が、話を進める間に少しずつ輝きを取り戻し始める。見よう見まねで始めたカメラだが、大好きな兄の役に立ちたい一心で浩明はめきめきと腕を上げた。彼の撮った写真が単なる研究用のスナップから一つの『作品』へと変化を遂げた時、兄はどんなに喜んでくれただろう。ただ後をついて回るしかなかった自分が、それでようやく生きる手段と目的の両方を見つけられたのだ。

「でも……カメラはもうやめたんです」

静かにフォークを皿に置いて、浩明はポツリとつけ加えた。

「この街には、新しい仕事を捜すために来たんですから」

「あ……そうだったんですか……」

浩明の口調があんまりきっぱりしていたので、「何故」とも「どうして」とも抄には追及することができない。もとより、そこまで尋ねるつもりもなかった。

抄は長居しすぎたことを唐突に意識し、おもむろにベッドサイドの椅子から立ち上がる。同時に長く束ねた黒髪が、浩明の視界で心地よくさらりと揺れた。

「浩明さん……だいぶしゃべらせてしまってすみませんでした。身体、大丈夫ですか？」

「ええ、お陰様で。皆さんには、本当にお世話をかけちゃいました」

「どういたしまして。あなたは、うちの大事なお客様ですからね。裕なんか、大騒ぎでアイスノン取りに来ましたよ。あの剣幕には、ちょっとびっくりしました」

「裕くんが……」

改めて裕の名前を聞かされると、どうしても甘い感覚が唇に蘇《よみがえ》ってしまう。いくら熱を出していたからといって、そんなのは言い訳にならなかった。

あの時、あどけなく潤んだ瞳を見ていたら、理性が泡のように消え去ってしまった。そうして、気がついたらもう引き寄せてキスをしていたのだ。止められるものなら浩明だって止めたかったが、我に返った時にはすでに遅かった。

きっと、裕も浩明の真意を測りかねて戸惑っているに違いない。これ以上泣かないようにと願っているはずの自分が、裕に対してもっとひどいことをしてしまった。

「それじゃ、松浦さん。僕はこれで失礼します。どうぞ、お大事に」

「あ……どうも、有り難うございました。潤さんにも、ご馳走《ちそう》様と伝えてください」

「褒めると、夕食はもっと張り切りますよ。根っから、お調子者だから」

相変わらず、抄の潤に対する口調は厳しい。しかし、それも彼なりの愛情表現なのではないかと、浩明はなんとなくそう思った。

（裕くん……か……）

キスをして以来、遠慮がちに様子を窺《うかが》いには来るものの、裕は決してベッドの近くまでは来なくなってしまった。勝手な言い分なのは重々承知しているけれど、やはりそれは浩明にとってとても淋しいことだ。このホテルで初めて過ごした夜、裕の薦めに従って見上げた月は本当に見事だった。それが、塞ぎ込みがちだった心を大いに慰めてくれたのだ
（なんとか……仲直りしたいなぁ）

別に喧嘩をしたわけでもないのだが、ちょっと微妙な問題なだけに余計難しい。

浩明は長い溜め息をつき、とりあえず月の代わりの慰めを求めて、リンゴのクリームがけを一すくい口の中へと放り込んだ。

「兄ちゃん、それナイフだぜ？」

「……え？　あ、あああっ」

――危なかった。茗の一言がなかったら、危うく食事用のナイフを口へ突っ込んでしまうところだった。裕は照れ笑いをしつつ、右手に持ったナイフを静かに皿へ戻す。そこには、潤お得意のパスタ入りオムレツが鎮座ましましていた。

「どうでもいいけど、しっかりしてくれよな。ただでさえ、ボーッとしてんだから」

「ご……ごめん……」

「なんだか、最近拍車がかかってるんじゃねぇ？　なんかあった？」

口のきき方に遠慮のない茗は、ズケズケと真正面から質問をしてくる。夕飯時はレストランも混《こ》むので、家族の食卓についているのは二人だけだった。その気安さが、余計に茗を強気にさせたのかもしれない。彼は縁取りのはっきりした眼差しを兄へ向け、まるでからかうように意味深な微笑を口許へ浮かべた。

「松浦さんが寝込んでから、どうも兄ちゃんまで様子がおかしいよな」

「そ……そうか？」

「そうだよ。前からボケッとしたとこあったけどさ、この頃はそれに加えて一人で百面相してるもんな。ニヤついたり難しい顔になったり、壊れたエアコンみたいに溜め息ついたりさ」

「……茗、そんなに俺のこと見てるんだ」

「嫌でも、目に入るんだよ。他の兄ちゃんと比べて、あんたは目が離せないだろっ」

心なしか赤くなって、茗は更につっけんどんに答えてきた。

しかし、いくらしっかりはしていても、まだ十三歳の弟から「ボケッとしてる」なんて言われると、さすがに裕も情けなくなってくる。見れば茗の皿はとっくに綺麗になっており、いつの間にそんなに時間がたってしまったのかと、まだ半分も平らげていない裕はびっくりしてしまった。

「兄ちゃん、今日はまだ松浦さんの部屋に行ってないだろ？　だいぶ元気になってたよ。明日には、起きられるとか言ってたし。そうそう、兄ちゃんのことも訊かれた」

「な、なんて？」

「いや……元気でやってんのかとか。別に、大した内容じゃなかったけど？」

松浦の名前が再び出た途端、裕はあからさまに狼狽えた様子を見せる。茗はやれやれと肩をすくめると、頼りない兄の顔をジッと見つめた。

「俺、マジに質問するけど」

周囲に耳聡《みみざと》い抄の気配がないのを確かめて、茗は少しだけ声を落とす。

「もしかして……松浦さんと、なんかあった？」

「……なんかって、なんだよ」

「身内にも言えないような、なんかだよ。違う？」

上手い逃げ方をして、茗は面白そうに瞳を輝かせた。年の割に大人びている彼は、こんな風に四つ年上の兄をからかうのを楽しみにしているところがある。裕ときたら兄弟の中でも純粋培養度がとても高くて、思っていることがすぐ顔に出るのだ。

「別に……何もないよ。今日は、疲れていたから部屋に寄らなかった。それだけだから」

「ふぅん。じゃ、松浦さんの夕食は兄ちゃんが持って行ってくれよな」

「え？」

「抄兄ちゃんに、頼まれてるんだけどさ。まだ顔を見てないなら、ちょうどいいや。潤兄ちゃんが支度しているはずだから、持って行ってあげてよ。お腹《なか》、空《す》かせてるだろうから」

「だ、だって、俺はまだ食事の途中……」

「大丈夫。これは、俺が引き受けといてやるから」

突然の提案に面食らう裕を無視して、茗は素早く自分の皿と兄の皿とを取り替える。もちろん、彼がそんなことを言い出したのは松浦との仲に引っかかりを見せる裕の態度に歯がゆいものを感じたからだ。何があったのかは知らないが、このまま自然の成り行きに任せていたのでは、兄の場合チャンスが二桁あっても進展は望めないだろう。それでは、一傍観者として面白くない。

「いいから、さっさと行ってこいって。松浦さん、待ってるよ」

まだ気が進まなさそうな裕を無理やり立たせ、茗は景気よくその背中を押した。

裕は恨めしげな顔で一度弟を振り返ったが、やがて決心したのかしゃんと背筋を伸ばすと早足でキッチンから出て行く。一人食卓に残った茗は、今しがた兄を送り出した右手にふと目を留めてみた。手のひらに残っているのは、とても年上とは思えない薄い身体の感触だ。茗は裕の身体に触れるたび、血の繋がりが皆無であることをいつも思い知らされる。

「俺、育ちすぎてるもんな……」

もうすぐ身長が百七十に達しようという茗は、窮屈そうに揃えていた長い脚をテーブルの下で思いっきり伸ばした。

再三のノックにも返事がなかったので、トレイを持ったまま裕は迷っていた。

(どうしよう……。でも、出かけた気配もなかったんだけどな……)

フロントを覗いてから来たので、三号室の鍵を預かった形跡がないのはわかっている。でも、それなら部屋にいるはずの浩明から返事がないのはどうしてだろう。しかも、快方に向かっているとはいえ、彼にはまだ熱があったと抄から聞いている。

「……松浦さん、いませんか？　あの、夕食をお持ちしたんですけど……松浦さん？」

勇気を出して声をかけてみたが、やっぱり返事は返ってこなかった。一瞬引き返そうかとも思ったが、もしかして病気が悪化していたら……とよくない想像がふっと頭に浮かぶ。

「松浦さん？　もしもし、松浦さんっ」

声を大きめにして何度か呼びかけたが、やはり結果は同じだった。熱に苦しみ声も出せないでいる浩明の姿がリアルに浮かび、いてもたってもいられなくなる。もうこれ以上は待っていられないとノブに手をかけてみると、鍵のかかっていないドアは難なく開いた。

「松浦さん……？　いないんですか？」

部屋に入ってみたが、ベッドに浩明の姿はない。脱ぎ捨てられたパジャマが置いてあるだけだ。トレイを備えつけの机に置き、裕は狭い室内をぐるりと見回した。隅に置かれた深緑のボストンバッグ、サイドテーブルの上には栗色の手帳と文庫本。それから……——。

「——カメラだ……」

思わず、声に出していた。

ベッドにはパジャマの他に、見慣れぬ一眼レフのカメラがあった。それも相当使い込んだものらしく、素人目《しろうとめ》に見ても単なる趣味で扱われていたとは思えない感じだ。細かな傷痕《きずあと》がアクセントになった重厚なデザインには独特の迫力があり、プロかセミプロか、とにかくこれはそういうレベルの人間が持つべきカメラのように思われる。

「どうして……こんな所に……」

「だって、俺の商売道具だったから」

独り言にいきなり答えが返ってきたので、裕は飛び跳ねるくらい驚いた。見れば、腰から下にバスタオルを巻いた浩明が、まだ濡れた髪のまま後ろに立っているではないか。

「まっ、松浦さん、どこ行ってたのっ」

「この格好で、買い物していたと思う？　熱が下がったんで、久しぶりにシャワーをね」

「あ……ああ、そうか……」

呆然と呟いて、裕は赤くなった。あんまり突然の登場だったので、つい訊かなくてもわかるようなことを口走ってしまい、浩明にはトロい奴だと思われただろう。

（本当に俺はバカだ……）

落ち込んだ裕は、これ以上ボロを出さない内に出て行こうと浩明の脇をすり抜けようとした。ところが、すれ違いざま強く右手を掴まれて、鼓動が大きく胸を叩く。

「食事、持って来てくれたんだ。どうも有り難う」

「……いえ……。サ、サービスですから」

「きっと、シャワーの音でノックが聞こえなかったんだな。ごめんね」

「いいんです」

かろうじて返事はしたが、頭の中はそれどころではない。裕の神経は掴まれた右手に集中し、そこでしか感じることができない気にさえなっていた。

（どうしよう……）

小さな震えは隠しようもなく、恐らくは浩明にも伝わっているだろう。それなのに、何故だか一向に解放してくれる気配を見せない。繋がれた指を行き来するのは明らかに別の種類の熱で、成す術《すべ》もない裕には目眩《めまい》がするほど長い時間に思われた。

「……ハックシュ」

沈黙を破ったのは、浩明の小さなくしゃみだった。そのささやかな音は、抵抗することすら忘れていた裕を唐突に現実へ戻す。

「松浦さん、なんか着て」

「は？」

「いいから、早くなんか着なくちゃ。いつまでもそんな格好でいたら、今度は風邪をひいちゃうよ。せっかく熱が下がったのに、またベッドへ逆戻りになるから」

「そうだけど……手を離したら、裕くん出て行っちゃうだろう？」

まるで子どもみたいな口をきいて、浩明はすぐに動こうとはしない。仕方なく裕は目線を上げると、ようやく彼と顔を合わせた。

「行かないから」

「本当に？」

「うん。どこにも行かない。だから、服を着て髪を乾かしてよ。俺、待ってるから」

きっぱりとした口調に安心したのか、するりと右手の封印が解かれる。浩明は確認の微笑を裕へ投げかけると、急いでバスルームへと舞い戻った。

再び一人になった裕はホッと息をつくと、壁にかけられた木枠の鏡へそっと自分の顔を映してみた。少しでも変な顔をしていたら、恥ずかしくて浩明の前へは二度と出られない。彼は自分よりも大人だから、きっとすぐに隠していた本心に気づいてしまうだろう。

「……うん。大丈夫……だよな」

「鏡に向かって、なんの話かな？」

真新しいパールグレーのパジャマに着替えた浩明が、髪を拭《ふ》きながら明るく声をかけてくる。裕は鏡の自分へ笑顔を作ってから、ゆっくりと浩明の方へ向き直った。

「松浦さん、だいぶ具合よくなったんだね。よかったね」

「うん、有り難う。このホテルの人たちには、本当によくしてもらったよ。どんなに感謝しても、足りないくらいにね。皆、本当の家族みたいに接してくれて嬉しかった」

「……料理、冷めちゃったけど温め直してこようか？」

「大丈夫だよ。潤さんの料理は、冷めても充分おいしいから。それより、裕くん」

不意に真面目な声になって、浩明は裕との距離を少し狭める。

「よかったら、ちょっとベッドにでも腰かけて。話があるんだ」

「話って……」

「えっと、立ったままじゃとにかく話しづらいからさ。座ってくれるかな。そしたら、俺もちゃんとベッドに戻って食事取るから。駄目かな？」

妙に控えめな言い方をするのは、やっぱりこの間のキスを気にかけているせいかもしれない。恐らくは裕が警戒しないように、浩明なりに気を配っているのだろう。

なんだかそんな彼の様子が微笑ましくて、裕は素直に頷くと脱ぎ捨てられたパジャマを片づけてから端っこに腰かけた。反動でスプリングが微かに軋《きし》み、カメラが所在なげにバウンドする。それでも、裕はカメラには手を触れなかった。なんとなく、気軽に触れてはいけない気がしたからだ。浩明から、『商売道具』と聞いていたからかもしれない。

「松浦さん、もし差し支えなかったら、食事しながらでもいいよ」

「何が？」

「話。顔を突き合わせてるだけじゃ、なんか深刻な感じで窮屈だし。食事でもしながら、気軽に話してよ。その方が、俺も気分が楽だな」

裕としては、精一杯の何気なさを装ったつもりだ。そんな気持ちが通じたのか浩明は薄く笑って裕の頭を撫でると、カメラを机まで持って行った。代わりにトレイを手にしてベッドまで戻り、照れ臭そうに布団へ潜り込む。

「ベッドで食事を取るのは、これで最後にしたいな」

そう言って、浩明は皿の上の蓋《ふた》を次々と取った。

まず目に飛び込んできたのは、チキンピラフだ。それも潤の茶目っ気を象徴するような、イタリアンカラーのソースが三色かけられている。

「なんだか、お子様ランチみたいで楽しいな。ピラフにキノコのミックスソテーに……これは何かな。鰯《いわし》かな？　ねぇ、裕くん。これ、なんだった？」

「俺たちが食べるのと、お客さんに出す料理は違うから……。ちょっと見せて」

　ひょいと頭を傾け、浩明の膝に載せられたトレイを覗き見る。先ほど茗と口にしたあり合わせ料理とは違って、メニューも器もそれなりに工夫を凝らしたものとなっていた。その中でも浩明が指差したモスグリーンの皿には、パセリを下敷きに魚のフライが行儀よく並べられていて、充分に食事を取っていなかった裕は見ているだけでお腹が鳴りそうだ。

「……どうしたの、裕くん？」

「え？　あ、いえ……あの、これは多分、鰯じゃないかな。サルディーネっていうんだって、この前潤兄さんから教わったから……。レモン絞って食べると、おいしいよ」

「へぇ、そうか。君も食べる？」

「お、俺？」

「うん。もしかして、お腹空いてるんじゃない？　よかったら、半分こしようよ」

　そんなに、皿を見つめる目が飢えていたのだろうか。ズバリと心情を言い当てられた裕はちょっと心配になったが、浩明の態度に屈託がなかったのとどうしても鰯の誘惑には勝てなかったのとで、遠慮がちにおずおずと頷いた。

浩明はフライを一口サイズに切り分けると、その一片をフォークに突き刺し、そのまま裕の口許まで持ってくる。初めは意味がわからずキョトンとしたが、どうやら口を開けるのを待っているらしいと気づき、気軽に頷いたりするんじゃなかったと激しく後悔した。

「どうしたの？　食べないの？」

「……松浦さん……俺のこと、からかってるの？」

「え？　いや、別にそういうつもりはないけど……」

「だったら、こんな真似やめてください。俺、子どもじゃないんだから。それとも、松浦さんの目にはそういう風に見えるわけ？　俺が、ただ口を開けて餌《えさ》を待ってるヒヨコみたいに見えるの？」

「ヒヨコって……おい、裕くん？」

「そりゃ、他の兄弟に比べたら全然頼りなく見えるだろうけど。でも、俺にだってプライドはちゃんとあるんです。俺、松浦さんに子ども扱いなんか全然されたくない」

「裕くん……」

　相手から目を逸らさず、きちんと自分の発言には責任が持てるように。

　それは、おとなしくて自己主張が上手くできなかった裕を心配して、養父母が生前によく言い聞かせてくれた言葉だった。裕は胸でくり返し、はっきりと浩明に向かって「嫌だ」と言い切る。浩明のおふざけに無邪気に乗れるほど、彼に対する気持ちは軽くない。それに、旅先でヒマ潰しにからかえるキャラクターだとは、絶対に思われたくなかった。

思いがけない裕の強い言葉に、優しいだけで何も考えていなかった浩明はハッとしてフォークを皿へ引っ込める。裕がこんなにしっかりと拒絶を示したのは初めてだったし、その言い分はあまりに正論だったので、すぐには言い返す言葉がなかった。

裕とは出会い方が印象深かったせいもあって、浩明の中ではどうしても必要以上に弱いイメージを作り上げてしまうところがある。けれど、考えてみれば抗議されるまでもなく、十七歳の男子高校生に取るべき態度ではなかったかもしれない。

だけどさ、と浩明は思う。

目の前のこの子は、一瞬前まで部屋から逃げ出しそうな顔をしていたのだ。それなのに、何もそんなに急激に成長しなくたっていいじゃないか。

「……悪かったね」

大人気なく、少し拗《す》ねた声音で浩明は答えた。

「裕くんをからかうつもりなんかなかったんだけど、そう取られたんなら謝るよ。実は話っていうのも、この間のことを謝ろうと思って。だから、まとめて君に謝罪しなくちゃね」

「この間の……って……」

「キスしちゃっただろ。なんか、勢いで。もしかして、気にしていたら悪いと思って」

その後の裕の様子から、彼がかなり意識しているのはわかっていたのに、つっけんどんな言い方をしてしまう。いくらムッとしたからといって、ずい分大人気ない振る舞いだと、言ったそばから落ち込みそうになった。

——ところが。

「べっ、別に、気になんかしてませんからっ」

裕は厳しく眉根を寄せると、負けじと言い返してくる。無理して平静を取り繕っているのがありありとわかる声音だったが、そこまで突っ込むのはさすがに浩明も気が引けた。

「本当に……俺、全然気にしてないから。弾みなんて誰にでもあることだし」

「いや、違うんだ。俺の言い方がまずかった。あのね」

「あ……安心していいよ。俺、そもそも女じゃないんだし、本気に受け取ったりしてないから。だから、松浦さんもそんなの改まって言うほどのことじゃ……」

「だから、そうじゃなくて」

「大体、俺が悪いんだ。俺が、ボーッとしてたから」

「裕くん！」

際限なく続いていきそうな会話を、浩明の一際高い声が乱暴に遮る。このまま裕にしゃべらせていたら、どんどん自分を卑下した方向へ持っていきそうだ。

「……違うんだよ……」

浩明は頑《かたく》なに握りしめられた裕の拳《こぶし》をそっと包み込み、自分の手と丁寧に重ね合わせた。

「違うんだ。俺の言い方が悪かった。確かに弾みでキスしたのは認めるけど、君をからかうとかそういうつもりじゃなかったんだ。なんて言うか……上手く言えないんだけど……」

「じゃあ、言わなくていいよ」

「バカだな、そうはいかないだろう？　第一、裕くんの手がこんなに震えているのに、いい加減に終わらせたりなんかできないよ。とにかく、謝るのも失礼だとは思うんだけど、君を驚かせたことについては心から謝るよ。ごめんね」

「……そんな……松浦さんは悪くないのに……」

思わず呟かれた裕の言葉に、浩明は自分の耳を疑った。たとえ熱があったにしろ、充分に理性の働く状態で裕に口づけを仕掛けたのは浩明だ。それなのに、巻き添えを食らった裕はちっともそうは思っていないのだ。裕が本気で言っているのは、真っ直ぐな表情を見れば一《いち》目瞭然《もくりょうぜん》だった。

「……裕くんは、怒ってないの？」

「え……怒る？　なんで？」

「だって、素姓の知れない男からいきなりキスなんかされたりして、嫌だったでしょう？」

浩明としてはごく当たり前のことを言ったつもりだったが、彼のセリフが理解できないのか、裕は浩明の目を見つめたまま、ただゆっくりと瞬きをくり返した。

大きな澄んだ黒目が鏡のように浩明の顔を映し出し、裕が瞬きをするたびに少しずつ取り込まれていく感覚に襲われる。いけないと慌てて頭を振って、逃げ出しかけた理性を必死で呼び戻そうとした。そうしないと、自分はまた何をしでかしてしまうかわからない。

「……とにかく、裕くんが怒ってないならいいんだ……」

かろうじてそれだけを口にすると、浩明は重ねていた裕の手からなるべく自然に見えるように自分の右手を引き離した。

「じゃあ、あれはお互いなかったことにしよう。いいかな？」

「え……」

はっきり「なかったことに」と言われると、さすがに裕の胸は痛くなる。浩明にとっては何かの間違いであっても、裕には思い返すだけで切なくなる一瞬だったのだ。

けれど、裕にはそれを伝える勇気はなかった。浩明が望んでいるのなら、なるべく彼の心の負担になるようなことは言いたくない。裕は、無理して笑顔を作った。

「……いいも悪いも、松浦さんが気にしてないんなら、それでいいよ。それに……」

「それに？」

「素姓が知れないなんてこと、ないでしょう？　さっき、カメラを商売道具だって言ってたじゃない。松浦さん、カメラマンだったんだね。それで、海外とか行ってたんだ」

感心したような眼差しをカメラへ向けて、儚い笑顔を裕が浮かべる。さっきから感じているいたたまれない気持ちが再び強くなり、浩明は急いで話題に飛び乗った。

「そう。そうなんだ。兄が建築関係だったから一緒になって教会やらお城やら、他には石畳の写真なんかを専門に撮ってたんだよ。といっても、俺のは我流なんだけどね。ちゃんと勉強したり、学校に行ったりしたわけじゃないから。そいつは、俺の愛機だったんだ」

「もう撮らないの？　この街は、撮りたくならない？」

「……やめたんだ。これからは、別の仕事に就こうと思って」

「そうなんだ……なんか、勿体ないね」

柔らかな語尾が、しんみりと部屋の中に散る。けれど、裕はそれ以上深くは追及しようとせず、何を思ったのか不意に立ち上がった。

「俺こんなにいいカメラ、使ったことがないや」

カメラについている無数の傷は、それだけ充実した旅を過ごしてきた証《あかし》だ。なのに、まだ立派に働ける内に引退させてしまうのは、なんとも気の毒な感じがする。裕は机の側まで近寄ると、今度は臆《おく》せずに浩明の愛機へ手を触れた。「なかったことにしよう」と言われた口づけが、カメラの存在とどこかだぶって胸に迫ってきた。

仕方がない。そう自分へ言い聞かせる。

どちらも浩明が決めたことで、そこには彼にしかわからない事情もあるのだろう。

「松浦さん。どうして、急にカメラなんか出してきたの？」

「……昼間、君の二番目のお兄さんと話していて、つい仕事のことが話題に出たんだ。そうしたら、なんだか懐かしくなっちゃって。やめようと思いながらも、やっぱり未練がましく鞄《かばん》に詰め込んで来ていたんだよね。俺、他に取り柄がないからな」

「そんなこと……」

「いや、本当。一人で仕事を続けようと思ったこともあったけど、ファインダーを覗くとどうしても兄の視線を意識しちゃってさ。これまで兄のために撮っていたんだから、当たり前なんだけど。でも、それじゃ俺の仕事とは言えない気がして、やめようかなって……」

不思議だった。

これまで考えることすら憂鬱だった苦い思いが、気負いもなく口にした途端、どんどん軽くなっていく。本気で、カメラはもうやめようと思っていた。構図も被写体も何もかも、兄がいなければ成立しないようなものばかりで、写真を撮れば撮るほど自分の存在が曖昧になる気がしたからだ。大好きで仕方なかったカメラが、自分を追い詰める道具のように思えて辛かった。だから、知らない街でまったく関係ない仕事に逃げようとしていたのだ。

それなのに、今は戸惑うくらいカメラが愛しい。裕がカメラへ注ぐ愛情溢れる眼差しの温度が、浩明へもゆっくりと流れ込んできたみたいだ。

「……そうなんだ。やめようと思っていたんだけど……」

「〝けど〟がつくって言うのは、少し迷ってるってこと?」

愛しそうにカメラを撫でながら、裕が問い返す。丸く摘《つま》まれた薄桃色の爪や、優しい仕種をくり返す温かな指先が、浩明の視界にはまるで別の世界を開く鍵のように映った。

「俺、今まで人間って撮ったことがなかったんだ……」

「うん。建築専門だったんでしょう？」

「そうか……もしかして、こだわりすぎてたのかな。何も、教会や石畳に固執することなんてなかったんだ。俺が撮りたいものを撮れば、それでいいんだよな……」

独白めいた呟きだったが、それはしっかりと裕の耳にも届いたらしい。

裕は浩明を励ますように微笑むと、カメラを持ってゆっくりとベッドへ戻って来た。両手に抱えられた愛機は黒いボディをわくわくと輝かせ、主人が触れるのを期待に満ちて待っている。熱を帯びた手のひらでそれを受け取り、浩明は長く吐息を漏らした。

新しく始めることが可能ならば、今が最初のチャンスだろう。

「――お願いがあるんだ」

「お願いって、俺に？　い、いいけど……何かな」

「裕くんを、撮ってもいいかな？」

「え、俺？」

「うん。裕くんを、撮ってみたいんだ。いい写真が撮れるかどうかはやってみなくちゃわからないけど、少なくとも俺は君を撮りたい。無理強いはしないけど、駄目かな？」

「写真って……俺の？」

「そうだよ。どうだろう、駄目かなぁ？」

いきなり「駄目かな」と言われても、浩明のセリフはあんまり予想外だったので、すぐには裕にも答えようがない。けれど、普通のスナップ写真ですら撮られるのが苦手な自分に、写真のモデルなんてとても務まるとは思えなかった。

「まぁ、返事は今すぐでなくてもいいんだ。俺も急がないから」

裕の戸惑いを敏感に察して、浩明は穏やかにつけ加える。誰に強制されたのでもなく、依頼や締切りに追われる作業でもないのだから、時間はたっぷりあるはずだった。

それに、やらなければならないことは他にもまだまだたくさんある。

「ところで、ねぇ裕くん」

「こ、今度は何？」

すっかり困り果てている顔に向かい、浩明は更に含み笑いを浮かべた。

「とりあえず、鰯を食べようか。俺、お腹空いちゃったよ」

◆◆◆ 4 ◆◆◆

「松浦さんのモデルをやる?」

難しい顔をしてパソコンのモニターを睨んでいた抄が、「モデル」の一言で目が覚めたように裕を振り返った。

ランチが終わってから夕食までの間は、比較的時間に余裕ができる。抄は日課として自室へ戻ってから前日の経理のチェックなどをしているのだが、学校から戻った裕が珍しく部屋へ訪ねて来たと思ったら、意外な相談を持ち込んできたので心底驚いたようだ。

「裕くん、本気ですか? 大体、彼はカメラをやめたんじゃ……」

「あ、あのね、まだやるって決めたわけじゃないんだ。昨日、誘われただけで」

「昨日? 昼間に僕と話していた時は、別の仕事をやると言ってましたよ」

「だから、俺にもよくわかんないんだけど、なんか話してたら急にそういうことに」

「そんな軽薄な決心には、賛成しかねますね」

あらかじめ裕が想像した通り、抄は思いっきり険しい顔つきになる。

どうして自分なんだろうと、裕はふと綺麗な兄を見ながら考えた。

モデルというからには、やっぱり造作の綺麗な方がいいに決まっているだろう。それなら、小泉家には抄という抜きん出た美貌を持つ人間がいるし、女の子だってエマという（多少、派手だが）若くて可愛い子がいるではないか。

「そもそも、どうして裕くんなんです？」

案の定、抄もその点を突いてきた。裕のルックスが駄目というわけではなく、浩明がこれまで人間を撮ってきたカメラマンではないのを知っているからだ。

「確かに、君と松浦さんはけっこう仲がいいと思っていました。だけど、それにしても話がいきなりじゃないですか」

「じゃあ、抄兄さんは反対なんだね？　俺に、モデルは無理だって思ってるから？」

「……無理とかそういう問題じゃなくて、松浦さんが何を考えているのか理解に苦しんでいるだけです。急に裕くんを撮りたくなったのは、どうしてなんでしょうね」

抄の疑問はもっともだが、それこそ裕だって浩明へ尋ねてみたい。いくら他の兄弟よりも親密だからといって、どうして一番個性に乏しい自分が選ばれたのか。それは、やっぱり抄でなくても納得しかねる問題だ。

なんとなく裕が沈み込んでしまったので、抄もそれ以上きついことが言えず、しばらく気まずい沈黙が流れていた。気配を敏感に察したのか、抄の膝でうたた寝していたマウスが重い空気を払うように掠れた鳴き声を短く上げる。

「……まぁ、ここで裕くんを問い詰めても、しょうがないですね」

少し冷静さを取り戻したのか、ようやく抄の声が柔らかくなった。

「とにかく、制服を着替えてきなさい。裕くんのことだから、今日は学校でも一日そのことばっかり考えていたんでしょう？　気持ちはわかるけど、感心しませんね」

「抄兄さん……」

「松浦さんも、何を考えているんだか……。お兄さんが亡くなって、もうカメラはやめたって言っていたのに。何がどうなったら、いきなり裕くんをモデルにしようなんて思いつくんでしょうね」

「亡くなった……？」

聞き捨てならない一言に、裕の顔がサッと強張る。

「抄兄さん、それ松浦さんから聞いたの？　亡くなったって、お兄さんが？」

「ええ。事故で亡くなって、一緒に仕事ができなくなったって。知らないんですか？」

「知らなかった……」

それは、裕にとってちょっとショックな事実だった。

昼間は抄さんが来てくれて、と昨夜の浩明は言っていた。それでカメラの話が出て、つい懐かしくて取り出してしまったんだと。でも、兄が亡くなったとかそういう突っ込んだ話は、何一つ裕にしてくれなかった。

「……抄兄さんの方が、ずっと仲いいじゃないか……」

ふて腐れた気分に襲われながら、抄の部屋を出て自室へ向かう。だが、着替えようとした時、来客を伝えるベルの音がホテル内に高らかに鳴り響いた。

「お待たせしてすみません。何か御用ですか？」

フロントの机の前で古ぼけたスタンドに見入っている人物は、どう見ても若い女性だ。それも、散歩のついでにふらりと立ち寄ったのだと言いたげな身軽な格好で、荷物といえば足許に置かれたバーキンタイプのバッグだけだった。

「……あら、遅かったわね。ここは、お客の我慢強さでも研究しているのかしら」

データ処理の途中だった抄に代わって裕が駆けつけると、女性は開口一番スラスラと文句を並べ立てる。あまりに女王然とした態度がそれを許すのか、何故だか嫌味な口をきいてもムッとさせない独特の雰囲気が彼女にはあった。

「どうも、失礼しました。あの……」

「……小さなホテルねぇ……」

「お……お泊まりですか？」

「まさか。私は、鷺白美百合というものです。こちらに、松浦浩明さんがお泊まりになっていると伺ったんですけど？　ああ、あなたみたいに小さな子にわかるかしら？」

「小さな子……」

今度は、さすがにカチンときた。

どうやら、美百合と名乗る女性はそこら辺の使い分けが上手いらしい。頭の上から爪の先まで裕を値踏みするようにねめつけてから、薔薇色の唇で微笑を象《かたど》ってみせる。

「浩明さんから聞いてはいたけど……よりによって、あなたがホテルにいるとはね。ねぇ、その詰襟の制服、忘れないわ。あなたが裕って子でしょう？　あの時に車を奪った子ね？」

「え……」

「私の顔、覚えてない？　ああ、あなた泣いていたものね。みっともなくポロポロと泣くところを、私は堪能《たんのう》させていただいたもの。でも、あまり外聞のいい姿ではなかったわ」

セリフの最後は、ほとんど攻撃的だった。美百合は人形のように整った顔で裕に迫り、細く美しいラインの眉を表情たっぷりにひそめる。

「思い出したでしょう？　私は、九センチのヒールであれから二十分も歩いたのよ」

「——思い出しました」

そこまで言われて、わからないわけがない。彼女は、あの時に浩明と一緒にいた女性だった。けれど、裕がすぐに彼女とわからなくても無理はない。何故なら、美百合は背中辺りまで伸ばしていた長い黒髪をバッサリと切って細かくシャギーの入ったショートカットに変身しており、お嬢様風だったイメージから抜け出していたからだ。

ワインレッドのパンツスーツに浩明のコートと同じキャメル色のショールを羽織り、美百合は呆然としている裕の顔を満足げに視線で舐め上げた。

「思い出したのなら、お利口だこと。浩明さんは、いるのかしら？」

「……松浦さんは、お出かけです。昨日まで熱があったんですけど、もうよくなったからって散歩に出かけて、まだ戻っていないそうです」

「あら……相変わらず、呑気な生活してるってわけね。困るわ、あの人。いくら身軽でいたいからって、携帯も持ち歩かないんですもの」

いないと聞いて気が抜けたのか、僅かに美百合の緊張が緩んだ。栗色の眉も薄茶の瞳も構えたところさえなくなれば、優しい唇の色に相応しい柔らかな美貌へと姿を変える。言葉遣いはともかくとして、黙って立ってさえいれば今や死語になりつつある『深窓のご令嬢』とはこういう人かと、納得させる空気を纏《まと》った女性だった。

「あの、もし松浦さんに用事でしたら、伝言を承りますけど」

「そうね……一度出かけたら、いつ戻って来るかわからない人だし……」

「あ、でも夕食には必ず帰って来ますよ。いらない時は、ちゃんと断っていかれますから」

浩明は潤の料理が相当気に入ったらしく、余程のことがない限りホテルで食事を取るようにしていた。だから、今日も八時くらいには帰って来るだろうと裕は考えている。そして彼が戻って来たら、もう一度モデルの件を話し合ってみようと思っていた。

「松浦さん、遅くても八時くらいには……」

「あと五時間近く、私に待てっていうの？　ここで？」

とんでもないと言いたげに、美百合の艶々の瞳が見開かれる。

「――いいわ。彼が戻って来たら私の携帯か、このカードのホテルへ電話するように伝えて。美百合からと言えば、すぐにわかるから。それから……あなた」

「はい？」

「あんまり、浩明さんに馴れ馴れしくしないようにね」

「え……――」

美百合の唐突なセリフに、裕は返す言葉もなく絶句する。咄嗟《とっさ》に彼女との会話を頭で振り返ってみたが、特別に釘を刺されるようなことは何も口にしていないはずだ。

「あの……それは、どういう……」

「浩明さんが優しいからって、いい気にならないでって言っているのよ。多分、あなたは知らないと思うから教えてあげるけど、あの日あなたに車を譲ったせいで、浩明さんは仕事を失ったのよ」

「失った……？」

「バカみたいに、人のセリフをくり返さないでくれる？　車に乗れなかったあの人は、大事な面接に遅れたの。条件のいい会社だったけど、社長が時間に厳しい人なのよ。それで、いきなり門前払い。私の口利きがあっても、駄目だったわ。わかる？」

美百合が歯切れよく語って聞かせる話は、しっかりと裕の耳に入っていた。入ってはいたが、それを理解するのを本能が拒む。ストレートに受け止めるには、あまりに衝撃の大きな内容だったからだ。

浩明が新しい仕事を捜してこの街へ来たということは、彼自身の口から聞いていた。けれど、その第一歩を自分が潰してしまったなんて、まさか夢にも思わなかった。再会した瞬間から浩明はとても優しくて、裕のせいでそんな目に遭ったことなどおくびにも出さなかったし、欠片《かけら》だって裕が責任を感じるような態度を見せたりはしなかったのだ。

「貴行《たかゆき》……いえ、お兄さんが亡くなってから、ようやく落ち着き出した頃だったのに。もちろん、私もあなたに悪気があったとは言わないわ。でも、どんな事情があったにせよ、あなたが彼の邪魔をしたのは本当なの。東京を離れて、新しい場所でやる気を出していた浩明さんの、最初の一歩を駄目にしたのは確かなんだから。あの人は、何も言わないでしょう？　そういう人ですもの。でも、私は優しい女ではないの」

「…………」

「とにかく、あなたのためにも、真実は知っておいた方がいいのよ。それじゃ、浩明さんに必ず電話するように伝えてね。いろいろ、大事な話もあるんだから」

呆然と立ち尽くす裕の手に象牙《ぞうげ》色のホテルカードを押しつけると、美百合は床に置いたバッグを手にして歩き出した。ところが、古びた硝子のドアノブに手をかけた彼女はふと何かを思い出したらしく足を止める。ボンヤリと後ろ姿を見送っていた裕は、振り返った美百合と再び目を合わせてしまった。

美百合が、納得のいかない顔つきで「ねぇ」と訊いてくる。

「……このホテルって、素人がやっているの？」

「どういう意味ですか……？」

「そこのスタンド、本物のガレよ。手入れもしないで、放っておく品じゃないわ」

「ガレ……？」

「やっぱり、わかってないみたいね」

呆れているのか、呟きには溜め息が交じっていた。

そろそろピークを過ぎようという九時近くになって、浩明がようやくレストランへ顔を出した。彼は自分の指定席になっているカウンターの右端に席を取り、注文を取りに来たエマとにこやかに雑談を交わす。時給が九百円に上がったエマはこのところ愛想がよく、それと反比例して服装は少し落ち着いてきたようだ。もしかしたら、ちょっとは彼女にもウエイトレスの自覚が出てきたのかもしれない。今日も、濃いピンクのミニワンピースに、お飾りとはいえちゃんと短いエプロンを着けていた。

「はい、松浦サン。ミネストローネと、鶏レバーソースのマカロニね。パンは？」

「一個もらうよ。あと、赤ワインをグラスでもう一杯くれるかな」

「どうしたの、今日は飲むじゃない。なんか、いいことあったの？」

エマが運んできた料理の皿に相好を崩し、浩明はご機嫌で大きく頷く。

「うん、あったんだ。熱を出してしばらく外出できなかったお陰で、この街のよさが改めてわかったみたいだ。今日の散歩は、収穫だらけだったよ」

「ふぅん……あたしには、ただの田舎にしか見えないわ」

生まれてからずっとこの運河の街で育ってきたエマには、浩明の興奮など理解できなくても仕方がない。古い街並みも濁った運河も、彼女にはあって当たり前の風景なのだ。

しかし、エマの気のない反応に水を差された風もなく、浩明はニコニコと笑顔で食事をぱくつき出した。イタリアで出会った時にも、潤は幾度か自分と兄とに手料理をご馳走してくれたが、あの頃より格段に腕が上がっている。おいしい食事と散歩の収穫、後はここに裕がいれば話も盛り上がるのに……とそれだけが少し残念だった。

「お味はいかがですか、お客様？」

ふと気がつくと、潤が隣に立って浩明の空のグラスへワインを注ぎ込んでいる。片手に自分用のグラスを持っているところを見ると、ようやく仕事が一段落ついたのだろう。

「潤さん、だいぶ腕が上がったじゃないか。俺たちと別れてから、かなり修業したんだね」

「生意気言ってんなぁ。貴行の後ろに隠れて、ろくにイタリア語もしゃべんなかった奴が」

「兄は、優秀だったからね。英語、イタリア語、フランス語、北京語、広東語。なんでもしゃべれたし、どこでもすぐに友だちを作った。俺、何をしても兄には敵《かな》わなかったよ」

座れば……と潤を促して、浩明は楽しげにグラスを傾ける。凪《な》いだ海のように穏やかに兄の話ができるなんて、自分でも不思議でしょうがなかった。こんな安らいだ気持ちで兄の面影を追ったのは、この半年間一度もなかったことだ。

「……ねぇ、潤さん。潤さんは、どうして本当のことを抄さんへ言わないのかな?」

ワインの勢いも手伝って、浩明は前から気にかかっていた疑問を潤へぶつけてみる。隣へ腰かけた潤はカウンターに頬杖《ほおづえ》をつき、とぼけた声で問い返してきた。

「本当のこと?　なんだ、それ」

「だって、女を追っかけて家出したなんて嘘じゃないか。俺たちが会った時、潤さんが一緒に暮らしていたのは、フランス人の女の子だった。それも、建築デザインの勉強に来たっていうエリートだったし。どう見ても、強制送還されたイタリア人には見えなかったよ」

「悪いかよ。シニョリーナとは別れたんだよ、すぐに」

どう聞いても嘘くさい言い訳だったが、あまり詮索《せんさく》するのも気が引ける。浩明は再び食事に戻ると、残りをたいらげることに集中した。

「ふぅ、ごちそうさま」

三杯目をグラスへ注いでもらい、やっと胃袋が満足する。ろくに食事もせずに一日中歩き回ったので、潤の料理もワインも身体全体に染み込むような感じがした。

「しかし、おまえもいきなり元気になるね。昨日まで、熱出してたくせによ」

「……裕くんのお陰なんだ」

「あいつ？　ああ、アイスノン」

あの時の裕の剣幕が忘れられないのか、潤はそう呟くとクックッと喉を震わせる。抄の勘違いぶりも楽しかったが、滅多にキレない裕が怒鳴ったことはけっこうな事件だった。

「なんだか知らないけど、あいつおまえになついているみたいだな。うちの三号室は、裕が専属メイドになっているって聞いたぞ」

「メイドって……いや、そうだけど……それだけじゃないんだ」

赤い液体をグラスの中でくるくると回し、浩明は幸福そうな笑みを浮かべる。

「――俺、もう一度カメラやろうと思って」

「へぇ……やっぱり」

「やっぱりって、なんだよ。どういう意味？　潤さん、あんまり驚かないね」

「だって、無理だろう？　今更、カメラやめるなんてさ。どういうきっかけかは知らないけど、おまえはまた始めるだろうと思ってたよ。そうでなきゃ、こんな田舎でいつまでもブラブラしているもんか。それに、おまえ抄に仕事捜しに来たって言ったんだって？　説得力、なさすぎだよ」

あっさりと言い切られて、さすがにご機嫌だった浩明もガックリきた。けれど、潤の言うことには一理も二理もあるので、やっぱり何も言い返せない。

初めて来たはずなのに、不思議な懐かしさが胸に迫る。

それが、浩明のこの街に対する最初の印象だった。そのせいか、美百合から紹介された仕事を得るために訪れたにも拘《かかわ》らず、街の石畳を一歩歩くごとに仕事がどんどん口実に過ぎなくなっていた。実際に面接がポシャッた時にはさすがに落ち込んだが、この街を立ち去り難くて留まっていたのも、適度なざわめきや空気の心地よさが自分を引き止めたのだと思わずにいられない。

それに、ここには裕がいる。

涙を一杯溜めた目で、突然目の前に現れた裕。それだけでも忘れ難いのに、彼はおいしい食事や街の美しさ、綺麗な月の存在まで生き生きと浩明へ教えてくれた。しかも、もう一度カメラを持つきっかけまで与えてくれたのだ。

あんな子は、これまで旅したどこの街にもいなかった。

「潤さん、裕くんってどんな子？」

「裕か？　一見、普通の子。やや弱っちいけど、根が頑固で意地っ張り。優しいけど地味」

「……必ず〝けど〟がつくんだね」

「なんだよ、裕に興味があんのか？　だったら、かなり覚悟しないとな」

ポヤポヤと幸せな気分に浸っていた浩明は、意味深な潤のセリフにギクッとなる。潤はもとから妙に聡いところのある男だが、同時に少し意地悪でもあるのだ。

残りのワインを飲み干すと、彼は立ち上がり様に素早く浩明へ耳打ちしていった。

「気をつけろ。あいつは、我が家のアイドルだからな」

「じゅ、潤さんっ」

一瞬にして、アルコールが脳まで回った気がする。ワインのせいで赤く染まったわけではない顔で、浩明は厨房へ向かう潤の後ろ姿へ声をかけた。

「待ってよ、潤さんっ。それ、一体どういう意味……っ」

「はーいはい、店内で大声はやめてくださいね、お客サマ」

入れ替わりに、エマが空いた皿を下げにやって来る。彼女は浩明の狼狽えぶりが余程珍しかったのか、まだ何かわめきたそうにしている姿を繁々《しげしげ》と見つめて言った。

「ねぇ、潤さんが何言ったか知らないけど、あんまりノセられないようにね」

「え？」

「あの人、他人を攪乱《かくらん》するのが天才的に上手いから。特に、このところ意地悪モードに入っているから、気をつけないと。本人に悪気はないけど、翻弄するの好きだからねぇ」

「意地悪モード？　なんで？」

「ここ一週間くらい、明らかに偵察って感じの客が来てんの。レストラン目当てかホテル目当てか知らないけどさ、こんな小さな街にそう何軒も似たような店は必要ないでしょ？」

「そうなんだ……」

体調がよくなり新しい目標も見つかって、すっかり自分は浮かれていたが、冷静になってみれば世間は明るい話題ばかりでもないらしい。浩明はちょっとだけ反省して、エマへ控えめな態度で親切の礼を言った。

それにしても、である。

やっぱり、潤の言い種は引っかかる。「興味がある」の種類にもいろいろだが、彼の口ぶりはまるで浩明が裕へ恋でもしていると言わんばかりだった。「かっさらうなら、それなりの覚悟しろ」と警告を受けたみたいで、思い返すと勝手に胸が躍っている。

（いやいや……躍ってちゃ駄目じゃないか、躍ってちゃっ）

慌ててほのぼのしかけた気持ちを抑えたが、あまり上手くはいかなかった。

（駄目……なんだけど……）

もしかしたら、自分はけっこう酔っているのかもしれない。理性の力で打ち消そうとしても胸の高鳴りはやみそうになく、ふと気がつけばまた潤のセリフを反芻《はんすう》している。

『あいつは、我が家のアイドルだから』

そうだったのか。いや、それが当たり前だろう。

「可愛いもんなぁ……」

それだけは、理性でも抑えつけられない正直な感想だった。そもそもそうでなかったら、いくら熱があって二人きりだったとはいえ、男相手にキスなんてできるわけがない。

確かに顔の造作だけでいけば、裕は絶世の美少年というわけじゃなかった。けれど、彼の場合はどこか放っておけないというか、構いたくなるというか、なまじ自分一人でなんとかしようと気負っているのがありありとわかるだけに、どうにも無視できない魅力がある。赤の他人の自分ですらそうなのだから、同じ屋根の下に暮らす兄弟たちが可愛がるのも無理はないだろう。

しかし、この気持ちを恋かどうかと問われても、浩明にはわからない。第一、自分が裕に恋しているとしても、その想いを彼が歓迎するとも思えなかった。

「だって、男同士だもんな」

お互いが根っからのゲイにでも生まれついてない限り、すんなり成就など不可能に近い。まして浩明がキスした一件を、裕は「女じゃないから、本気にしない」とはっきり言い切ったではないか。

「はぁ……なんか、頭がグルグルしてきた……」

酒には強い方だと思っていたが、久しぶりに飲んだので回るのが早いようだ。潤が酒に細工でもしたのではないかと疑うほど身体が熱くなり、心臓が早鐘のようにガンガン鳴ってきた。

「松浦さん？　松浦さん、大丈夫？」

「あれ……裕くん……？」

「頭がグルグルするって、今言ってたよ。大丈夫？」

もしや、自分の願望が現実に飛び出してきたのだろうか。思いがけない裕の登場に、浩明はここがレストランなのも忘れて彼を抱きしめていた。

「ま、松浦さんっ」

「裕くん……なんで、君がここにいるの……」

「な……なんでって……松浦さんが、カウンターでグラグラになってるから……」

「カウンター？」

「エマちゃんが、迎えに行ったらって俺を呼びに来たんだよ」

「え、嘘っ！」

ガバッと身体を離したが、もう遅い。

甘い夢は潮が引くように遠ざかり、浩明は一瞬にして我に返った。今しがた自分が犯した暴挙には唖然《あぜん》とするばかりだが、しっかりと裕の身体を抱いていた両手は、夢の名残りのように彼の二の腕を摑んだままだった。

「ご、ごめん……つい酔っぱらって……」

我ながら最低の言い訳をしつつ、ゆっくりと裕の腕から指を離す。他にお客がいなくてよかったと、心底ホッとして椅子から立ち上がった。

「なんか、俺、裕くんに迷惑かけてばかりだね。どうも有り難う、もう大丈夫だから」

「あ、部屋まで送るよ」

「いいよ、いいよ。もう遅いし、正気に返ったからシャワーでも浴びて寝るよ」

浩明としては、気まずさも手伝って一刻も早く離れたかったのだが、裕は困ったような顔をして「でも……」と食い下がってくる。仕方がないので、とりあえず閉店間近の店からホテルのロビーまで一緒に戻ることにした。

十時を少し回ったくらいなのに、早くもロビーの電灯は消えている。話し相手を求めて部屋から出てくる客もいないのだから当然だろう。いつもはマウスがソファで寝ているのに、今夜はパトロールに出かけているのか彼の姿も見当たらなかった。

「なんか、暗いね。フロントだけでも、電気点ければいいのになぁ」

会話に窮した浩明が、苦し紛れにそんな独り言を言う。互いの表情くらいはわかるが、フロント横の階段につけられた小さなライトが、ふわりとオレンジ色の明かりを下まで降ろしてくれているだけだ。シンと静かな空間に身を浸していると、時間の感覚さえなくなっていきそうだった。

「……それ、ガレなんだって。壊れてるけど、本物だって」

「ガレって、このスタンドが？　へぇ、裕くん、よく知ってるね」

「俺じゃないよ、美百合さんって人が教えてくれたんだ」

「美百合？　来たのか、ここに？」

浩明の問いに、裕が無言でこっくりと頷く。彼は着ていたシャツの胸ポケットへ手を突っ込むと、おもむろに小さな紙片を目の前へ差し出して見せた。

「ここに電話くれって。大事な話もあるから、必ずって言ってた」

「そうか……有り難う……」

「……これ、駅向こうのホテルのカードだね。去年できたばっかりで立派な造りの」

「うん。美百合のお父さんが会長をやっている会社が、このホテルのオーナーだからね」

「オーナー？　じゃ、あそこのホテルって美百合さんちの物なの？」

驚いて思わず訊き返した裕に、浩明は微笑で答える。

「うん。正確には個人じゃなくて会社の資産だけど、あそこは経営を親族で固めてるから。おまけに、ホテルだけじゃないんだ。大手の旅行会社や観光地開発、他にも遊園地とか美術館の仕事にも携わっているよ。美百合は、そこの一族の末娘なんだ」

「そうだったのか……」

浩明の話はスケールが大きすぎて、すぐには裕にもピンとこない。だが、美百合がとんでもなくお金持ちのお嬢さんだということだけは理解できた。あの不遜《ふそん》な言動もそれを許す上等な雰囲気も、環境が彼女に与えたプレゼントだったのだ。

では、浩明はどうなんだろう。

胸に兆した不安を打ち消したくて、裕はまじまじと浩明の上品な微笑を見上げてみた。もしかしたら、美百合にとって浩明は運命がプレゼントした相手だったりするのだろうか。

「裕くん？　どうしたの？」

「あ……ううん、なんでもないんだ。あの、電話しないの？」

「ああ。今日は遅くなったし、明日にでもかけてみるよ。それより、ちょっといいかな」

「何が？」

「……写真のモデルのこと。昨日の今日だけど、考えてみてくれたかなと思って」

そう言いながら裕を見返す眼差しは、好意的な返事を願って優しい色に満ちている。

けれど、裕には答えられなかった。昼間、美百合から聞いた事実が心に引っかかって、どうしても素直に頷くことを許さなかったからだ。

「……俺……」

震える唇からかろうじて出した声は、自分でも滑稽《こっけい》なほど上ずっていた。

「俺……モデルは、できません……」

「——どうして？」

「どうしてって……できないから」

「できないって、どういう意味？　何か問題があるなら、相談に乗るけど」

「とにかく、駄目だから」

どう説明したら浩明に納得してもらえるのかわからなくて、彼が何を言ってきても「できない」とくり返すしか裕にはなかった。

抄に相談した時もあまりいい顔はされなかったが、少しでも浩明の役に立つのなら頑張ろうと半ば決心しかけていた気持ちが、今はぐらぐらと揺れている。それもこれも、美百合から浩明の仕事が駄目になった話を聞いてしまったからだ。兄の死から立ち直って新しくやり直すきっかけを、裕がタクシーを譲ってくれと泣きついたために棒に振ってしまった。浩明のそんな事情を知ってしまった今、どんな顔をしてモデルなんてやったらいいのかわからない。

「……駄目の一点張りじゃ、俺だって引き下がれないよ」

浩明の声音は決して怒ってはいなかったが、かなり当惑しているのが感じ取れる。裕は言葉もなく俯いたまま、早く時間が過ぎてくれることだけを祈った。

「ごめんなさい……せっかく言ってくれたのに……」

「いや……嫌なものを無理強いしようというつもりはないんだけど、本当によく考えてくれたの？」

「もちろん……もちろん、ちゃんと考えたよ。だけど、やっぱり俺には無理だから……」

「無理とか、そういう問題じゃないんだけどなぁ……」

溜め息交じりに呟いて、どうしたものかと浩明は腕組みをして考え込んだ。ここであっさり引き下がったのでは、一刻も早い復活を部屋で待っている愛機に申し訳が立たない。かといって嫌がる相手に無理やりカメラを向けたのでは、絶対にいい写真など撮れっこない。

一体、裕に何が起きたのだろうと浩明は思った。決して自惚《うぬぼ》れていたわけではなく、彼が承知してくれることを信じていたのだ。それともカメラを手渡しに来たあの温かな表情を、自分の都合のいいように解釈していただけなのだろうか。

「あのさ、とにかく部屋でもう一度、話を聞かせてもらえないかな」

「部屋って……松浦さんの？」

「うん。明日って言いたいとこだけど、どうしても気になるから……駄目？」

「い……いいけど……」

好きな相手から、頷くしかないような切ない顔で哀願されては、さすがに裕も断れない。できれば部屋で二人きりになるなんてもっとも避けたい事態だったのだが、どうしてと理由を訊かれても、まさか本当の気持ちを伝えるわけにもいかない。仕方なく、裕は覚悟を決めることにした。

「大丈夫？　早くおいでよ」

このまま、逃げ出すとでも思ったのだろうか。階段を上りかけた浩明は一回立ち止まり、そっと右手で裕の手を摑んで引き上げる。握られた指の力強さに逆らうことも忘れて、裕は黙って浩明の後からゆっくりと階段を上がっていった。

一歩上がるごとに緊張で胸の鼓動が速くなり、それは指を伝って浩明にまで聞かれてしまいそうだ。このまま部屋で説得されたら、何もかもがどうでもよくなってしまうかもしれない。ふとそんな思いに襲われ、裕は急いで不安を頭から振り落とした。そんな、みっともない展開になるのだけは嫌だ。せめて、浩明へ啖呵《たんか》を切った時のように、潔い姿勢だけはちゃんと保ちたい。そうしないと、自分の恋心を浩明にきっと気づかれてしまう。

「どうぞ、入って」

浩明が鍵を手慣れた感じで扱い、部屋の中へと裕を促す。

三号室のドアが浩明と裕を飲み込み、波乱の予感を軋ませながら閉じられた——。

「松浦《まつうら》さん、もう酔いは醒《さ》めたの？」

「裕《ゆう》くんの返事を聞いたら、そりゃいっぺんに醒めちゃうよ」

着ていたジャケットをハンガーにかけながら、普段と変わらぬ口調で浩明《ひろあき》が答える。部屋は裕が昨夜訪れた時とは打って変わって、これまで見かけなかったカメラの備品やスナップ写真などが所狭しと広げられていた。

「……ああ。昨日、裕くんが帰ってから、やたら張り切っちゃってさ。封印していた荷物、全部解《ほど》いちゃったんだ。やめるなんて言いながら、結局なんでも揃《そろ》えてきてたんだよな」

裕の顔色を読んで説明する浩明は、なんだか少し照れくさそうだ。ベッドに散らかった荷物を隅へ押しやって適当に腰を下ろすと、まだ突っ立ったままの裕をちょいちょいと手招きする。浩明はベッドメイクを断っているので、朝に出かけたままのしわくちゃなシーツが裕の目に飛び込み、それがちょっとだけ気分を和らげてくれた。

手招きに従って裕が隣へやって来るなり、浩明は笑顔のままぐっと身を乗り出してくる。つられて身を引きそうになった身体《からだ》を腕を摑《つか》んできっちり引き止め、彼は視線を逸《そ》らさずに口を開いた。

「それで？　悪いけど、もう一回きちんと説明してもらおうかな」

「……松浦さん、しぶといね」

「当たり前だろう？　こっちだって、単なる気まぐれで声をかけたわけじゃないんだぞ」

「でも、俺なんか素人《しろうと》だし、可愛い女の子ってわけでもないし、それに……」

「ちょっと、待った」

弾みがつきかかった裕の言葉に、浩明がやんわりとストップをかける。ハッとして見つめ返した浩明の目は、瞬《まばた》きをくり返すたびに眼差《まなざ》しが濃くなっていくようだった。

「裕くん、最初っからそこら辺を誤解してるよ」

引き込まれそうになった裕は、言葉の意味よりも唇の動きに目を取られる。

「素人っていう点でいけば、俺だって人物を撮るのは素人なんだよ。言っただろう？　ずっと建物や風景ばかり撮ってきたって。それに、どうして俺なんかって言うの？　それ、すごく君らしくない」

「え……だって……美百合《みゆり》さんが……」

「美百合？　彼女が、君に何か言ったの？」

浩明の表情が、怪訝《けげん》そうに曇った。しまったと思ったが、もう遅い。裕は浩明の顔に見惚《みと》れていたため、ボンヤリとしてつい美百合の名前を口にしてしまったのだ。

「昼間、美百合が訪ねて来たって言ったね。彼女、なんて言ったんだ？」

「ち、違うよ。俺が、俺が勝手に駄目だって思っただけで」

「それだけ慌てるところを見ると、相当きついこと言われたんだろう？　ごめんよ、彼女は思ったことを堪《こら》える性格じゃないから……まったく悪気はないんだけど……」

「だから、違うってばっ」

裕は、自分でも驚くほど大きな声で浩明のセリフを遮った。

確かにきついことを言われたのは事実だが、自分が浩明にしたことを思えば、美百合を悪者にする気になどまったくなれない。それより何より、いくら成り行きとはいえ浩明の仕事を邪魔してしまった方が裕には重大なのだ。

「本当に、美百合さんはなんにも言ってない。ただ、俺……前にも松浦さんの邪魔をしてしまったから、今度も何か足手まといな結果になるんじゃないかと思って……」

「……やっぱり、言われてるんじゃないか」

「あ――――！」

「嘘が下手だね、裕くん。どっちにしても、いきなり頑《かたく》なな態度に出るから変だとは思ったんだ。そうか……美百合から聞いちゃったのか……」

まいったなぁと溜《た》め息をつき、浩明が眉《まゆ》をひそめたまま腕を組む。裕は自分の迂闊《うかつ》さに思わず唇を噛《か》んだが、もはやフォローするのも不可能だった。

本当に、どうしてこう要領が悪いのだろう。

これだけは避けたいと思っていた事態に、気がつけばどんどん自分を追い込んでいっている。溜め息をつく気力すら失って、裕はがっくりと下を向いてしまった。こんな調子では、今は優しい浩明だって直《じき》に愛想を尽かしてしまうだろう。

「裕くん？」

心配そうな浩明の声が、頭の上から降ってくる。顔を上げて返事をしなくちゃ……と思うのだが、裕はどうしても身体が動かせなかった。今、浩明の顔を見たら、情けないセリフをもっと口走ってしまいそうだ。

「ごめん……また、君に怒られるかもしれないけど……」

「え……」

今度は、返事をする間もなかった。

ふわりと温かな腕が、自分を羽根のように包み込む。浩明の胸にしっかりと抱きしめられて、裕は声もなくただ呆然《ぼうぜん》とするばかりだった。

「美百合が何を言ったのかは想像がつくけど、本当に気になんかしちゃ駄目だよ。いいね？　そうでないと、せっかく俺が黙っていたのが無駄になっちゃうだろう？　俺は、裕くんが沈んだ顔するのが嫌だから言わなかったんだ。それに……ああ、もうそんなのどうでもいい」

「ま……松浦さん……？」

「さっきのレストランとは違うから。俺、酔ってなんかいないから」

零《こぼ》れ落ちる呟《つぶや》きと一緒に、更に強く腕に力が込められる。胸に顔を埋《うず》めた裕は身動きすらできずに、心臓が弾けそうな勢いで脈打ち出すのを陶酔の中で感じていた。

痛いくらいに締めつける、背中に回った浩明の手。

今までに何度も彼の体温を感じる機会はあったけれど、焼けつくように熱い思いをしたのは初めてだった。浩明の熱は背中から全身へ回り、真冬だというのに裕の肌はうっすらと赤味を帯びてくる。ふと目に入った爪にいつもと違う色彩を見つけ、裕は恥ずかしさにまた赤くなった。

「裕くん……俺が、こうするの嫌か？　君をこうして抱きしめるのは……」

「そ……そういうわけじゃ……」

「……ごめんな。俺、なんて言っていいかわからない。でも、君を見ていると抱きしめたくなる。力の続く限り抱きしめて、ずっと腕の中に置いておきたくなる。変だよな……君は、ちゃんと男の子なのに……俺も、やっぱり男なのに……」

髪に優しく雨が降り注ぐように、浩明の告白が聞こえてくる。切なく掠《かす》れた、迷子みたいな声。自分で自分のしていることがわからず、衝動と戸惑いの間で揺れている幼い声だ。

いつしかうっとりと目を閉じて、裕は浩明の身体へ自分からしがみついていた。

いずれ、必ず朝が来る。理性を取り戻した浩明に気まずく謝られたり、なかったことにしようともう一度言われたら、もしかしてひどく傷つくかもしれない。けれど、今の裕にはそれを恐れる気持ちが少しもなかった。傷ついた分、知ることのなかった温《ぬく》もりを感じられるのなら、それでもいいと思っていた。

「松浦さん……」

こんなに長く誰かと体温を共有するのは初めてで、声も熱く湿ったものになっている。

「松浦さん……大好きだよ……」

「……うん……」

吐息のような返事が、また髪に埋められた。

「うん……俺も……俺も、裕くんが好きだ。大好きだよ」

「そうなんだ……」

「……すごい。大発見だな。俺、こんなに胸が痛くなったの初めてだ。裕くんが何かしゃべるたび、心臓が鷲《わし》摑みにされてるみたいだ。俺の言ってること、わかる？」

「うん」

幸福な気持ちに浸りながら、裕は半分笑い声で答える。

「わかるよ。俺も同じだから」

浩明の腕の力が、僅《わず》かに緩くなった。

裕は深呼吸をくり返しながら、ゆっくりと小さな顔を上向ける。瞳が浩明で一杯になり、唇は微《かす》かな溜め息すら伝わってしまうほどの距離まで迫っていた。

浩明の唇が降りてきた時も、裕はすぐには目を閉じなかった。重ねられた感触を実感しながら、浩明の睫毛《まつげ》が細かく震える様を瞳へ焼きつける。きっと、これから何度でも、同じ場面を思い出すだろう。そんな予感を胸に、裕は一声も漏らさず口づけの感覚を刻みつけようと、唇を割って入る浩明の舌を迎え入れた。

「……ん……うん……」

決心とは裏腹に甘い目眩《めまい》が裕を襲い、思わず声が出てしまう。この間とは違い、浩明の欲望が素直に舌の動きに表れていたせいか、応《こた》えようとしても搦《から》め捕られた舌は思うように動かなかった。大胆になった浩明の舌は器用に裕の唇をつつき、吐息を全て舐《な》め取ってしまう。お陰で、裕は次第に目の奥がちかちかしてきた。

とうとう堪え切れなくなり、浩明にしがみついていた指から力が抜ける。そのまま身体が浮かんだような気がしたが、実際に目を開いた時にはベッドに押し倒された後だった。

「ま……松浦さん……っ」

「好きだよ、裕くん」

「それは、俺もそうだけどっ。でも、ちょっと……ちょっと、待って」

なんだか女の子みたいだと思いつつ、小さなキスを唇に降らせてくる浩明を懸命に押し退《の》けようとする。まさか、男の自分が誰かに押し倒される運命にあったなんて、浩明への恋心を自覚した時点でも考えもしなかった。

「松浦さんってばっ……あの……」

「そんなに嫌？　俺のこと嫌い？」

「き、嫌いなわけないだろっ。でも、だからって……あ」

耳のすぐ下に深く口づけられ、思わず全身が固くなる。こんな場所から総毛立つような快感が生まれることも、裕は初めて知ったばかりだった。それなのに、歯止めの効かなくなった浩明の唇は鎖骨から下へと移ろうとしている。裕の抵抗と同様、シャツのボタンを外す行為も、浩明の愛撫《あいぶ》の手を長く休ませることにはならなかったらしい。

「松浦さん……お願いだから……」

天井を見つめる裕の声は、情けないほど弱々しい。けれど、一番小さな声が一番よく浩明の耳へ届いたらしく、彼はボタンにかけた手を止めたまま裕の顔を見た。

「松浦さん……？」

「……よかった。また、目を赤くしてるかと思った」

「でも、これ以上になったら自信ない……」

「そうか……」

浩明はそれだけ呟くと、裕の髪を撫《な》でながら軽いキスをする。子どもをあやすような優しい仕種《しぐさ》は、先刻の名残りを留《とど》めてどこか熱っぽかったが、もう強引に先へ進もうという気配は感じられなかった。

ようやく裕も安心して、深く息をついた。ためらいがちに浩明と目を合わせると、この上なく甘い微笑が返ってくる。裕の視線を含むように二、三度ゆっくり瞬きをして、さっきまで色の濃かった瞳から浩明は努力して欲望を消していった。

「大丈夫……まだ、裕くんとの時間はたくさんあるからね」

「俺との時間？　たくさんあるの？」

「これから、この街で君を撮るんだから。今日みたいなチャンスも、きっと巡ってくるさ」

「今日みたいな……って」

脳天気な浩明のセリフに、裕の顔が赤くなる。

それは、要するにこの場の成り行きとか気まぐれとか、そういう類《たぐ》いの気持ちじゃないって意味なんだろうか。もしかしたら、もっと先を見てもいいってことなのかもしれない。

裕の髪を指先で梳《す》き、浩明は呼吸するようにこめかみや瞼《まぶた》や鼻先へ唇を寄せる。くすぐったさに裕は軽く顔をしかめ、次いで笑い出しそうになってしまった。

「……なんだよ。ラブシーンの途中で笑うんじゃないの」

「ごめん……でも、なんか変な感じがする……」

「変な感じ？　ドキドキしないの？」

「するよ。するけど……松浦さんとこういう風にしてるのって、なんか現実感がないや」

裕は微笑《ほほえ》んだまま、右手を伸ばしてそっと浩明の頬《ほお》に触れる。これからは、触れたい時にいつでもそれが許される。そう思うだけで、最高に贅沢《ぜいたく》な気分に浸れた。

桜色の指に誘われて、浩明の唇が降りてくる。

初めは微かに触れ合うだけ。やがて互いを焦《じ》らし合いながら、求める気持ちが高まるのに任せて深く重ね合わせていく。裕の耳許でシーツの擦《こす》れる音が聞こえ、浩明の鼓動はまるで自分のもののように肌へ響いてきた。

「……これ……何回目かな……」

「ん？」

「松浦さんとのキス、何回目だろう……」

「それを言うなら、何人目じゃないの？」

「……だって、俺キスしたことなかったもん」

「ええっ」

驚きにぱっちりと目を見開いて、浩明はまじまじと裕を見つめる。あんまり長いこと見つめられたので、なんだか裕の方でも目を逸らしづらくなってしまった。

「あの……なんか、問題あった……？」

「い、いや……そうか……そうだよな……十七歳だもんなぁ」

いきなり年の差に気づいたようなしみじみとした溜め息をつかれて、裕はかなり面食らってしまう。そういう浩明だって確かまだ二十五歳のはずだが、海外で自由に生きてきたせいか、実年齢よりも二つ三つは確実に若く見えるのだ。

不意に何を思ったか浩明は急に身を起こし、窓の方へとスタスタ歩いていった。裕もゆっくりと起き上がったが、乱れたボタンを直そうと視線を移した時、冷えた空気がドッと部屋へ流れ込んできたことにびっくりする。

全開になった窓の側でカーテンが揺らめき、月明かりに照らされた浩明のシルエットが床に縫い止められそうな輪郭で映っていた。

「……ごめん、裕くん寒い？」

「ううん、平気だけど……」

「月が、すごい綺麗だよ。真冬の月って、凄絶《せいぜつ》に綺麗なんだね」

「そう……」

「凄絶に綺麗」という言葉は、どこか二番目の兄である抄《しょう》を連想させる。そういえば、浩明は抄へ裕にも話さなかったような話をしていたのだ。つまらないことを思い出し、少しだけ気持ちが沈んでしまった。

「どうしたの？　こっちにおいでよ」

「うん……」

手招きされるままに窓へ近寄り、浩明に倣って月を見上げる。

今夜は、下弦の月だった。

弓を横たえたような月の周りを、仄《ほの》かな黄金色が満たしている。細く鋭角的な形にも拘《かかわ》らず甘い匂いが漂ってきそうな、カスタードの月が浮かんでいた。

「裕くんが、教えてくれたんだよ。ここから見る月は綺麗だって。それから、ほとんど毎晩一度は夜空を見上げてから寝るんだ。ずっとあちこちを飛び回っていて、人や土地や建物に感動したことならいくらでもあるけど、こんなに落ち着いて月を見たりなんかしなかった。だから、ここへ来てすごく得した気分だよ」

「そうなんだ……じゃあ、少しは役に立ったね」

「君は、そこにいるだけで俺をいい気分にさせるのに、まだそういうことを言うの？」

言うなり、浩明は裕の柔らかな頬を軽く抓《つね》る。月光に当てられたのか、昼間なら照れくさくて絶対に聞けないようなセリフも、何故《なぜ》だか自然と受け止められた。

「裕くん」

「ん？　何？」

「——好きだよ。だから、君を撮りたかったんだ」

「そ……」

咄嗟《とっさ》になんて答えればいいのかわからず、浩明の横顔を惚《ほう》けたように見つめる。

「それなら……そういう風に、言ってくれたらよかったのに……」

「仕方ないだろう。俺だって、自覚したのってさっきなんだ」

緩やかな明かりの下でも、浩明が赤くなったのがよくわかった。彼は白い息を吐きながら運河へ視線を落とすと、独り言のように呟いた。

「なんかすごいな。このホテルへ来てまだ一ヵ月もたってないのに、まるですっかり生まれ変わったみたいに清々しい気分になっている……。裕くん、俺に写真を撮らせてくれるよね」

「松浦さん……」

「美百合の言ったことなら、気にしなくていいから。初めから、カメラ以外の道なんか俺にはなかった。君が、それを教えてくれたんだよ」

浩明の左手が、そっと裕の肩を抱いて引き寄せる。

不思議と、寒さは感じなかった。真冬の月の痺《しび》れるような光をたっぷりと浴びて、裕は眩《まぶ》しさから静かに目を閉じる。

瞼に、浩明の唇がこっそりと触れた。

幸福の瞬間はこんな風に訪れるのかと、裕はうっとりするような思いで考えていた。

◆◆◆　5　◆◆◆

翌日は土曜日だったので、裕は学校が終わるなり急いでホテルへ戻って来た。浩明と散歩がてら、遅い昼食を食べに行く約束をしていたからだ。

自分の部屋よりも先に三号室へ直行した裕は、ちょうど浩明がカメラをいじっている場面に出くわして、ハッと表情を強張《こわば》らせた。

「……松浦さん、カメラ持ってくの……？」

「当たり前だろ。少しずつ慣らしていかないとね、君もカメラも」

そう言いながら、険しい顔つきの裕へレンズを向ける。あっと思う間もなく、シャッターの切られる軽快な音が部屋に鳴り響いた。

「ず……ずるいよっ。不意打ちなんて、フェアじゃないっ」

「あのねぇ……」

「俺、今すごく変な顔してただろ。ちゃんと撮る時は、撮るって言ってくんないと」

「それじゃ、意味がないでしょう」

憤慨する裕へ諭すように、浩明は優しい眼差しで口を開いた。

「君はプロのモデルじゃないんだから、撮るよって言われて自然な表情ができるの？　裕くんは、普通にしていたらいいんだよ。俺がいいと思った時に、こうやって勝手に撮るから」

「でも……それじゃ……」

「なんとなく嫌だ？　じゃあ、後で裕くんにも見てもらうから、君がどうしても嫌だというカットがあったら、それはその時点で削除しよう。それなら、いい？」

「う……」

そこまで譲歩されては、あまり強いことも言えない。とにかく一度引き受けてしまったことなのだから、自分もある程度の覚悟はしておくべきだろう。裕は渋々と頷《うなず》き、気を取り直して浩明の側へ歩み寄った。

「もう出かける？　それなら、急いで着替えてくる」

「うん。今日は寒いから、あったかい格好をしておいでね。あ、それから」

「え？」

無邪気に訊《き》き返した時には、もう掠めるようなキスが裕の唇を通り過ぎていく。

「ま、松浦さんっ」

「詰襟《つめえり》も、すごくいいんだけどね。なんだか、これ以上は自分が相当危ない趣味に思えてくる。目の毒だから、早く着替えておいで」

本気とも冗談とも取れるセリフを吐いて、浩明はニッコリと微笑んだ。

十五分後に一階のロビーで待ち合わせることにして三号室を出ると、意外なことに廊下に抄が立っていた。いつもならランチタイムの厨房《ちゅうぼう》を手伝っている時間なのだが、土曜日はレストランも休みにしているので身体が空いているのだろう。それでもボンヤリしていられないのが抄の性格で、ヒマができれば各部屋のチェックや掃除の点検、あるいは放任気味の弟たちの様子を見たりと、あれこれ動き回っている方が多いのだが、今日は一体どうしたのだろうか。気になったが、とにかく今の裕には時間がなかった。浩明にはたった十五分しか許してもらえず、その間に何を着るか髪の毛はどうするのか、決めなくてはいけないことは一杯ある。何しろ、いつ写真を撮られるかまったく油断ができないのだから。

ところが。

自室のある四階へ向かおうとした裕は、思いがけず抄から呼び止められた。

「裕くん、ちょっと待ってください」

「え？」

よくよく注意して見れば、綺麗な顔が心なしか曇っている。薄暗い廊下の中央に佇《たたず》み、階段を上りかけた裕を見上げている眼差しには、混沌《こんとん》とした影が映っていた。

「……どうしたの、抄兄さん。何か用？」

「どこか、出かけるんですか？」

「う……うん。松浦さんと、お昼を食べに……」

「今すぐに？」

「すぐって言うか……十五分後にロビーで待ち合わせだけど」

「では、三十分後に延ばしてもらいなさい」

あまりにきっぱりとした物言いで、裕は咄嗟に反論することもできない。反射的に口を開いたものの、抄が決して理不尽なことを言い出す性格ではないと知っているだけに、どう言葉を繋《つな》げたらいいのかわからなくなった。

「抄兄さん、あの……」

「松浦さんに、電話が入っています。鷺白《さぎしろ》さんという女性からです」

「鷺白……美百合さん？」

「そう。昨日、裕くんは彼女と会ったそうですね。昨夜、ちゃんと松浦さんに彼女の伝言を伝えましたか？　彼から電話がなかったと、ひどく怒っていましたよ」

「つ、伝えたよ。伝えたけど……」

「……まぁ、昨夜はずい分遅くまで、松浦さんと話し込んでいたみたいですからね」

裕と浩明の仲をどこまで知ってそんな風に言うのかはわからなかったが、彼はその言葉を最後にくるりと背中を向けてしまう。抄は三号室をノックし、僅かに開いた扉から美百合からの電話がきていることを浩明へ告げると、ニコリともせずに階下へ降りていった。

一体、なんなのだろう。

いつになく不機嫌な様子の抄を見て、裕の胸に漠然とした不安が生まれる。

小泉館《こいずみかん》の顔であり、長男の潤《じゅん》が家出をしていた事情もあって、抄はいつでも裕と茗《めい》にとって頼れる優しい保護者だった。両親が生きていた頃から多忙な二人に代わって家の中のことを請け負っていたせいか、常に穏やかで落ち着いていて温かく皆を包んでくれる。彼はフロントを担当している立場上、幾度も髪を切ろうとしたが、幼かった裕と茗はそれを許さなかった。あのさらさらの長い黒髪は、彼が兄弟の中でどういう立場にいるかをよく象徴していると言ってもいい。

そんな彼が、あからさまに渋面を見せるなど、裕の記憶にはほとんどなかった。唯一の例外が潤と会話している時だが、あれはあれでバランスの取れた関係だと解釈しているので大してシリアスな問題にはならない。

「どうしたの、裕くん？　怖い顔しているよ」

突然沈黙を破って、コートとカメラを手にした浩明が忙《せわ》しない様子で部屋から出て来た。心配そうにかけられた声にびくっとし、裕は慌てて笑顔を取り繕う。もしかしたら自分の考えすぎかもしれないし、そうでなくても余計なことを言って浩明に気を遣わせたくない。

「なんでもない。急いで着替えてくるから、もう十五分延長してくれる？」

「いいよ。美百合から電話がきてるから、下の電話室にいるよ。それじゃあね」

駆け降りていく軽快な足音を聞きながら、裕は先ほどまで満喫していた夢見心地な気分が少しずつ遠のいていくような予感に脅えていた。

「……出かけていたんじゃ、なかったんですか」

水を飲もうと家族用のキッチンへ入った抄は、ダイニングテーブルで本を読んでいる潤の姿を見つけると思いっきり迷惑そうな声を出した。

「今日はお休みだから、エマちゃんの買い物につき合うって言ってませんでしたか？」

「あらら。俺がここにいちゃ、なんか不都合？」

「別に。あなたの家なんだから、どこでも好きにしたらいいですよ」

相変わらずつんけんした態度のまま、彼の脇を通りすぎてシンクへと向かう。乱暴に蛇口を捻《ひね》った抄は、ふと隣の洗い籠《かご》の中に綺麗に片づけられた二人分の食器を見つけ、少しだけ声のトーンを柔らかくした。

「あ……すみません。茗くんのお昼、忘れていました……」

「いいよ、適当に作って二人で食ったから。おまえの分もあるぜ」

「僕の？」

「昼、まだだろう？　冷蔵庫のタッパん中にトマトソースが作ってあるから、パンかペンネで食べると美味《うま》いよ。あ、パルミジャーノを削って熱々の上に載っけるんだぞ。あとセロリのサラダも入ってるから残さず食えよ。茗なんか、ガツガツ食ってたぞ」

「……元気でいいですね」

キュッときつく蛇口を締め、抄は生彩の欠けた表情で潤を振り返る。潤の手許《てもと》にある本はイタリア語で書かれており、どんな内容なのか抄にはさっぱり見当がつかなかった。

「そういえば……潤さん、初めはイタリアで松浦さんと会ったんですよね？」

「うん、あいつバラしちゃったんだろ。しょうがねぇなぁ」

「一体、どんな人なんですか？　本当は、よく知っているんでしょう？」

今までにも二人の間では似たような会話が交わされたが、どうやら今日はいつもと抄の様子が違うようだ。潤は敏感にそれを察したのか、真面目な顔を作って本を閉じた。

「まぁ、一言で言うとお坊ちゃんだよ。兄ちゃんも弟も育ちがよくて、家柄もかなりいいんじゃないかな。そうでなかったら、いくらうちが安ホテルだって、無職の身分でそうそう長期滞在はできないだろうよ。でも、何度も言うけどいい奴だぜ？　お坊ちゃん特有の呑気《のんき》さはあるけど、人畜無害で愛すべき人柄だし」

「本当に、無害な人なんですか？」

「あのなぁ、俺は小泉館に危ない人物は紹介しないよ。なんだよ、遠回しな言い方しないではっきり言いなさい。おまえって、ガキの頃からそういう嫌味な奴なんだから」

「余計なお世話ですっ」

カッとなって言い返してからすぐに乗せられたことに気づき、抄は悔しそうに潤を睨《にら》みつける。この脳天気な長男は昔からこんな調子で、人がどんなに深刻に悩んでいようとお構いなしに茶々を入れては神経を逆撫でするのだ。そんなことはよくわかっていたはずなのに、どうしてこうも毎回簡単に引っかかってしまうのだろう。

「僕のことは、どうでもいいんです。訊きたいのは、松浦さんの……」

「——とにかく、浩明のことは心配いらないって。あいつもせっかく兄貴の死から立ち直ってきてるんだから、おまえも余計な詮索《せんさく》するのはよしなさい」

「詮索なんかじゃありません」

「じゃ、なんだよ？」

「それは……言えません……」

抄にしては珍しく、歯切れの悪い物言いをする。彼の潔癖な気性を知っている潤はその返答に何かを感じ取ったらしいが、敢《あ》えて触れずに再び本を開こうとした。

ところが。

不意に、その手を上から抄が押さえつける。

目線を上げた潤は意外なほど間近に抄の顔を捉《とら》え、無言のまま彼を見返した。

「潤さん……」

抄は乾いた唇を微かに動かし、苦しそうに瞳を歪《ゆが》める。

「どうして、急に戻って来たんですか」

「……抄？」

「どうして、松浦さんを連れて戻って来たんですか」

くり返される問いは、まるで潤からの答えを期待していないようだ。

抄はすぐに手を離すと、音もなく潤へ背を向ける。一瞬遅れた髪の動きに空気だけがふわりと揺らめいたが、直にそれも収まって完全な沈黙だけがキッチンを満たしていった。

拒絶されるのを初めから知っていたのか、潤はやはり何も答えない。

今や、彼らの間に兄弟という意識は、ふっつり途絶えているかのようだった。


同じ頃、裕と浩明はホテルから十分ほど歩いた運河沿いの、小さな薔薇園《ばらえん》に来ていた。

ここは街一番の旧家が庭に私設したものだが、屋敷の方はとっくに取り壊されており、現在残っているのは一周歩くのに五分もかからない薔薇園と、半ば廃墟《はいきょ》と化した水槽が三つしかない水族館だ。どちらも今は街の公共施設となっているが、一月も終わりに差しかかった時期、わざわざ憩いに訪れる人間などそうはいない。

ここへ行こうと言い出したのは、浩明の方だった。昨日、街中を歩き回って見つけて、絶対に裕を連れて来ようと思ったのだという。

薔薇園には、錆《さび》の浮いた赤いベンチが等間隔で三脚置かれている。その内の二脚までが昼寝中の猫たちに占領されていたので、二人は選択の余地もなく残りの一脚へ腰を下ろした。

「ねぇ、松浦さん」

「うん？　どうかした？」

「……ここ、そんなにいいの？　薔薇園って言っても、今は花なんか咲いてないよ」

ホットミルクティーの缶を両手で包み、裕は白い息をふうっと吐き出す。あんまり寒そうにしていたせいか、隣の浩明が自分の缶をそっと裕の頬にくっつけてきた。

「裕くんは、ここにはあんまり来ないの？」

「……実は、けっこう好きだよ。薔薇はともかく、魚なんて金魚しかいないけど。せめて、熱帯魚でも飼えば見栄えもしていいのにね。けど、真冬はさすがにあんまり来ないなぁ」

「あの水族館、俺は好きだな。金魚、可愛いよ。熱帯魚は綺麗だけど、金魚の方が愛敬《あいきょう》があるじゃない。でも、もとは高価な魚でも飼っていたんだろうね。金魚を入れるには水槽が大きすぎるし、設備も古いけどちゃんと整っているから」

「松浦さん、中まで入ったの？」

「もちろんだよ。だって、出入り自由なんだろう？　俺、ちょっと感動したな。円柱形の建物の中、一歩入ったら周囲を水槽がぐるりと囲んでいて、金魚がひらひら浮かんでいるんだよ？　狭い空間に、赤や黒や真珠色の金魚の大群。これは、なかなかだと思わない？」

浩明の興奮した声が耳障りだったのか、周囲の猫たちから抗議めいた鳴き声が上がる。裕は悪戯《いたずら》っぽい仕種で人差し指を唇に立て、それを見た浩明は決まり悪そうに肩をすくめた。

昼食は場所を決めていなかったので、ここへ来る途中で近所のベーカリーのサンドイッチとサラダを調達してきてある。おとなしくさせられた浩明はしゃべる代わりに食べることを思いついたらしく、ガサガサと紙袋から食料を広げ始めた。

「こんなに息白くして、俺たち外で何やってんだろうなぁ」

「そう言いながら、松浦さんすっごく楽しそうだよ」

「そりゃね、熱は下がるし裕くんとは両想いだし、この街は本当に居心地がいいから」

それぞれが好みのパンを手に取り、顔を見合わせて笑顔を浮かべる。

浩明は何かというとこの街を褒めるので、裕にとっては平凡な風景までなんだか魅力的に思えてきてしまう。けれど、その錯覚はこの上なく幸福な気持ちをもたらしてくれるので、浩明が語る言葉にはいつもうっとりと耳を傾けてしまうのだった。

「裕くん、キスしていい？」

「へ？」

「へ？　じゃないよ。キスだよ、キス。誰もいないし、猫しかいないし。いいかな？」

いいかな？　と言った時には、もう唇が間近に迫っている。食事の最中にキスするなんて、理性が勝っていたら絶対にできない芸当だ。二人はパン屑《くず》をつけたまま、短く甘いキスを二回くり返した。

「ごちそうさま」

「その言い方、なんかオヤジっぽい」

裕がいつも困るのは、キスの前より後だ。ゆっくり目を開いた瞬間から、どういう顔をしていいのかわからなくなる。浩明はそこら辺はやっぱり大人なのか、余裕の微笑で迎えてくれることが多いが、裕は『微笑』というヤツもなかなか自在には操れないのだった。

「あのさ、松浦さん。あの……あ、美百合さん」

「美百合？　彼女が、どうかした？」

「電話、昨日しなかったんで、怒ってたでしょう？　大丈夫だった？」

「平気だよ。美百合は思ったことをポンポン口に出すから誤解されやすいけど、口で言っているほどきつい子じゃないんだ。ものの言い方を、少し知らないけどね」

彼女のことをよく知っている口ぶりに、話題を提供したにも拘らず、裕はちょっと気持ちが暗くなる。考えてみれば、彼女と浩明がどういう関係なのか何も知らないのだ。

「……あの、美百合さんって……」

「うん？　ああ、そうか。裕くんには、何も説明していなかったね」

裕の曇った表情に気づき、浩明は優しくその頭に触れる。この手の行為はあんまりやりすぎると、裕のプライドを傷つける。それをわかっているのか二、三回撫でてから名残惜しそうに手を戻し、彼は改めてポツポツと話し始めた。

「美百合は、俺と兄の幼馴染《おさななじ》みなんだ。だから、つき合いも長いし気心も知れてる。言ってみれば、妹みたいなもんかな。兄が仕事で海外へ行くようになってからはしばらくブランクがあったんだけど、二年くらい前に偶然外国で再会してね。彼女、お父さんの秘書みたいなことしてるから、あれでなかなかのキャリアがあるんだよ」

「じゃあ、ただのお嬢様ってわけでもないんだね……」

「うん。この街へ来たのも彼女の紹介だったし、今となっては感謝するしかないよね」

「感謝って？」

「だって、裕くんに会わせてくれたじゃないか」

臆面《おくめん》もなくそんなセリフをはき、浩明は裕の戸惑いをかき消すようにニッコリと微笑む。思わずその笑顔だけで納得しかけた裕だったが、ふとある事実に気がつき声が震えた。

「でも……ということは、ちょっと待ってよ」

「え？　まだ、何かある？」

「美百合さん家って、確かすごいお金持ちなんだよね？　そしたら、彼女と幼馴染みっていう松浦さんもかなりお金持ちなんじゃ……」

「うーん……。俺自身は違うけど、実家はまぁそうかもなぁ。俺たちと美百合の父親同士は仕事上で取引きがあるし、別荘を隣接して建てた所が多いから休暇は一緒に過ごしたし。でも、そんなの関係ないでしょう」

「関係……ないの？」

「一時期、兄が跡継ぎ問題で相当親父と揉《も》めてね。ほら、長男なのに事業も継がないで建築の勉強なんかしていたから。なまじ兄は出来がよかったんで、親父も諦《あきら》め切れなかったみたいなんだ。でも、そこが兄さんのすごいところなんだけど、結局は親を説得しちゃったんだよ。今は、姉の旦那が跡継ぎとして教育されている最中。旦那って言っても、俺たちのまた従兄弟《いとこ》に当たるから、一応血縁ってことでなんとかなったみたいだよ。これが、まぁ家庭内の事情ってヤツかな」

　なんだか、まるきり他人の家の話をしているみたいな口調だ。裕は却《かえ》って作り物めいた明るさに引っかかるものを感じたが、それ以上は余計な詮索もできず、最後に残ったサンドイッチに手を伸ばす。手持ち無沙汰《ぶさた》な気持ちをごまかすためには、口を食べ物で塞《ふさ》いでおいた方がいい。ところが、一口ぱくついた瞬間、浩明の悲愴《ひそう》な声が飛んできた。

「あっ。最後のサンドイッチ！」

「さ、最後のって……これ、俺の分でしょ？」

「違うよ。俺が最後のお楽しみに取っておいた、ツナのサンドイッチだよっ」

「松浦さん、せこいっ。ツナは、俺だって食べてないんだから。だから、これは俺の！」

「せこいのは、どっちだ。裕くんは、俺より二切れも多く食ってたぞ。いいから、若者は野菜を摂りなさい。ほら、サラダと交換だ」

「病み上がりなんだから、松浦さんこそ野菜を摂りなよっ」

「あ、畜生。食ってるところ、写真に撮るぞっ」

「撮ればっ？　もう、そのくらいの覚悟はできてるよっ」

「——あなたたち」

際限なく続きそうだった会話に、突然冷たい声音が割って入る。

ハッとして我に返った裕は声の方向へ目線を走らせ、そのまま身体を固まらせた。

三つ並んだ赤いベンチ、裕たちが座っているのはそのちょうど右端だったが、正面にオリーブグリーンのコートを着た美百合が、細い足首をスクエアなヒールで支えて立っている。

「そういうの、痴話《ちわ》喧嘩って言うのよ。知っていた？」

「み、美百合っ」

呪縛《じゅばく》が解けたように浩明が立ち上がり、寛《くつろ》いでいた猫たちは一斉に彼の方を見た。

「美百合、どうしてここに？　いや、おまえ髪の毛……っ」

「質問は一度に一回ずつね。それに、ここは日本よ。ちゃんと日本語で話して」

美百合は昨日と同じバーキンを持ち、やや色みを濃くした唇でしゃきしゃきと言葉を繋げていく。玄関のオレンジの光に照らされても、昼日中に薄曇りの太陽の下に立っていても、彼女は変わらず綺麗だった。けれど、もしも今が春で薔薇が満開に咲き乱れていたら、彼女にこんなに似合う場所もなかっただろう。

「さっきは、ゆっくり話もできなかったから。電話で、あなた散歩に出るって言ってたじゃない？　だから、多分ここじゃないかと思ったの。その子も一緒なのは驚いたけど……あなた、ずい分浩明さんと仲がいいのね。可哀相《かわいそう》に。きっと、物覚えが悪いんでしょう」

「美百合、なんてこと言うんだ！」

「私は言ったはずよ」

咎《とが》める浩明にはまったく取り合わず、美百合は裕をきつく見据える。

「浩明さんと馴れ馴れしくするのは、不愉快だって。ちゃんと言ったわよね」

「……でも、承知した覚えはないです」

「まぁ。言い返したわ、この子。少し、知恵がついてきたんじゃないかしら」

ツカツカと二人に近づき、美百合は裕の顎《あご》に手をかけてグイッと乱暴に引き寄せる。お嬢様がするにしてはずいぶん雑な仕種だったが、不思議とそれが堂に入っていた。

「美百合！」

「ふふ。私がこんなことをするので驚いた？　外国で仕事してるとね、父のバックボーンがまるで役に立たない時もあるのよ。そういう時、女の私はこういう扱いをされることもある。特に私は美人だから、醜い女の数倍は嫌な思いをするわ。だから、男のあなたはこれくらいでびくついてちゃ駄目よ。いくら可愛い顔をしていても男なんですもの。振り払いなさい」

振り払えと命令されても、この細い指先のどこにこんな力があるのかと思うくらい、顎にかけられた手はしっかりと裕を摑んで離さない。美百合は涼しい顔で微笑を浮かべ、じっともがく様子を見つめていた。その眼差しからは、なんの感情も読み取れない。

「松浦さんと……話を……しました……」

裕は解放されるのを諦め、途切れ途切れに口を動かし始めた。

「昨日……ちゃんと……彼と話しました……。松浦さんは、また……カメラを始めるんです。だから、仕事を駄目にした件は……気にしなくていいと……言ってくれました……」

「なんですって？」

「美百合、もういい加減にしろっ」

たまりかねた浩明が美百合の手を摑み上げ、ようやく裕は自由になった。ハァと大きく息をつき、今度は浩明と美百合の間で高まる緊張に顔を向ける。

美百合の大きな瞳が、浩明を映して危うく揺らめいていた。さっきまでの激しさはなく、彼女は純粋な驚きにだけ感情を包み込まれてしまったようだ。浩明もまた、どこから説明したらいいのかと困惑しているようで、なかなか唇にまで言葉が上がってこないかに見えた。

「……ずい分、この街が気に入ってると思ったけど……理由は、他にあったみたいね？」

ようやく美百合が口火を切ると、浩明はハッと胸を突かれたように唇を嚙む。一体、二人の間で今までどんなやり取りがされてきたのか、やっと浩明へ近づき始めたばかりの裕にはまるで見当がつかなかった。それが裕を淋《さび》しくさせ、再び浩明との距離が開いてしまったような気持ちを起こさせる。これだけは、甘い囁《ささや》きや口づけの数だけではどうにもできない。裕には、その不安を取り払うだけの自信がまだなかった。

「裕くん……」

美百合へ視線を留めたまま、浩明が裕へ声をかける。何を言われるか、聞かなくてもわかる気がした。今、この場所に自分はいてはいけない存在なのだ。

「裕くん、悪いけど……」

「いいよ」

考えるより先に、唇が動いていた。せめて何げない風を装うことでしか、浩明の負担を軽くしてあげられない。その事実が、情けなくて仕方がなかった。

「いいよ。お昼も食べたし、俺は先にホテルへ戻ってるから。じゃあね」

「ごめんよ。帰ったら、もう一度部屋で会おう。いいかな？」

「だから、いいって。気にしないでよ。それじゃ、美百合さんもさよなら」

言うなり、裕は駆け出していた。一度でも後ろを振り返ったら涙が出てしまいそうで、浩明が自分に向かって何か言っているのは聞こえたが無視して走り続けた。

さっきまで穏やかな幸福に満たされていたのに、すぐに幸せは形を変えてしまう。月の満ち欠けになぞらえた悲劇のヒロインのセリフが頭に思い浮かび、昨夜の下弦の月も今晩にはまったく違うように見えるだろうと、裕は走りながらボンヤリと考えていた。

裕の姿が薔薇の茂みに阻まれて完全に見えなくなってしまうと、浩明の胸から溜め息が漏れる。もはや美百合の視線など、構ってはいられなかった。

どうして、いつもこうなんだろう。どこかで小さくタイミングがズレて、大事にしたい気持ちとは裏腹に、言い訳ばかりを彼にくり返している。それもこれも、兄の死から逃げ続けてきた弱い自分への罰なんだろうか。

「情けない顔ね、浩明さん。私は邪魔者？　悪役？」

「……いいや、君のせいじゃないよ、美百合」

「なら、溜め息なんて聞きたくないわ。お話があるのよ」

裕がいた時に比べれば格段に穏やかになった声音で、美百合は浩明の隣へ腰を下ろした。

「あなたがこの薔薇園に来るって判断した私の勘、悪くなかったわね。でも、実は私もこの街へ来てから初めてなのよ、ここへ来るのは」

「どうして？　この薔薇園は、もともと君のお祖父《じい》さんが建てたものだろう？」

「半世紀も昔の話よ。祖父がこの街に住んでいたのは。私は、あなたの仕事のことがあるまで、この街へ足を踏み入れたことなど一度もないわ。知っているでしょう？」

「ああ……ノラ猫が多いもんな」

最初に美百合とこの土地へ来た時、彼女がベネツィアに例えて話した内容を思い出し、浩明はだるそうに笑った。ノラ猫が多いから汚いと言って、美百合が高級リゾート地であるリド島にしか滞在しなかったというヤツだ。

「……祖父は事業の関係でここを離れてしまったけれど、幼い頃に私に話して聞かせてくれたことはあるのよ。昔住んでいた館には、庭に薔薇園と大きな水槽があったって。運河沿いに建っていたから、二階のバルコニーから行き来する船や遠くの港が見えたそうよ。それはもう、楽しそうな顔で話していたわ。だから、この街であなたの再就職先が見つけられそうだった時、私も迷わず一緒に来たの。見てみたかったのよ、私だって。ただ……ずっと忙しかったから」

「そう。忙しすぎたんだよね、俺も兄さんも……君も。兄さんが生きている間に、皆で来られたらよかったのに。きっと気に入ったと思うよ」

「貴行《たかゆき》さんがここを？　まさか。本物のベネツィアに、住もうかって言ってた人よ」

「じゃあ、尚更《なおさら》じゃないか。ここはいい所だよ。日本にも、素敵な場所はたくさんある。ホテルだって、君のところの豪華なホテルより小泉館の方が好きになっただろう」

「あそこが好きなのは、貴行さんじゃなくてあなたでしょう。それに、動機が不純だわ」

「どうして？」

「……あの子がいるからでしょ。あなたが、あのホテルに執心なのは」

女の勘か、それとも傍らから見てもバレバレなだけか、美百合は真実を突いてきた。

「カメラ、始めるんですって？　しかも、あの子を撮るなんて。何、考えてるのかしら」

「どうして、そこまで知っているんだ？　俺、話してないぞ」

「私は、あの子のお兄さんに聞いたのよ。今日電話した時に、あなたの知り合いなら教えてくれって言われたの。弟がモデルにならないかって言われているけど、どうなのかって。両親が亡くなったばかりで、いろいろ心配なんですって。それに……」

「それに？　他にも、まだ何か言っていたのか？」

「……いずれ、あなたは街を出て行く人だからって」

「………………」

すっかり忘れていた事実を指摘されて、思わず浩明は言葉をなくした。

確かに就職が決まっていれば別だったが、カメラをやろうと決心したからには長い時間ここに留まっているのは無理だろう。もともと放浪して写真を撮り続けるのが性に合っているし、時間が空いた時に訪れることはできても、住むとなるとかなり難しい。どちらにせよ、小泉館にこのままずっと滞在を続けるのは無理だ。

裕と出会って親しさが増すにつれ、浩明の日常は日々優しいものになっていった。そのせいか、一番肝心な問題を考えないでいたことに今更ながら気づかされる。

「……美百合」

「何よ」

「俺、じゃあ裕くんと離れ離れになるのか……？」

「しっ、知らないわよ、そんなのっ」

あまりに間抜けな質問をされたので、美百合は怒りのあまり頬が赤く染まった。浩明の顔はこの上なく無防備で、これまで彼女が見てきたどの表情よりも胸に迫ったからだ。

美百合は立ち上がり、吐き捨てるように呟いた。

「そんなことより、小泉館の心配でもしたらいかが？」

「小泉館の……？　それ、どういう意味だ？」

「あそこに併設されているレストラン、評判いいでしょう？　ホテルに客は来なくても、店の方はかなり人が入っているそうじゃない。長男が腕のいいシェフなんですってね」

「おまえ、調べたのか……？」

「私が、なんのためにこの街へ来てると思ってるの？　うちのホテル、レストランが弱いのよ。ここはけっこう田舎だし、ホテルの規模も大きくないでしょう？　あんまり有名なシェフには、なかなか来てもらえなくて困っているの。それに、今はフレンチよりイタリアンの方が強いし」

「美百合……」

浩明の声が、まさかの疑念を含んで重く響く。一瞬前までの気楽な雰囲気など、たちまちどこかへ消えてしまった。気がつけば、猫たちの姿まで見えなくなっている。

「美百合、おまえまさか潤さんを……」

「狙ってるのよ、もちろん。うちのホテルの、グランドシェフに迎えたいと思ってる」

「バカ言うな。そんなことしたら、小泉館が……！」

「誤解しないでちょうだい。私だって、あそこを潰《つぶ》そうと思っているわけではないのよ」

勢い込んでまくし立てようとした浩明を、美百合のきつい瞳が止める。けれど、その輝きは弱々しく、彼女が己の立ち位置にまだ確信が持てていないのを雄弁に物語っていた。

「私は一度東京へ戻ったけれど、浩明さんを迎えにまたこの街へ来たのよ。それで、泊まっているホテルを調べたの。あなた、いつの間にか勝手にうちのホテルをチェックアウトしていたでしょう？　携帯は電源を切ったままだし、私がどんなに心配したかわかってる？」

「それは……黙って出て行って悪かったけど……」

「貴行さんが亡くなって、あなたがどんなに落ち込んだか私は知っている。それこそ後追い自殺でもしてるんじゃないかって、本気で考えたくらいよ。まぁ、お陰で気が紛れたけれどね。そうしたら、あなたは小さなホテルに住み着いて、ホテルの家族と仲よく平和に暮らしているっていうじゃない。おまけになんだか知らないけど、あのウルウルした子どもに情まで移して。私、呆気《あっけ》に取られたわ」

「……情じゃないよ」

「あらそう。でも、別になんでもいいわ」

「よくないよ、美百合。情なんかじゃない。俺は、あの子が好きなんだ」

浩明が少しの淀《よど》みもなくきっぱりと言い切ったので、美百合はちょっと意表を突かれたようだ。普通の友情にしては親密すぎると思ってはいただろうが、まさかこんなにあっさりと爆弾発言をされるとは予想していなかったのだろう。

美百合の反応が固まってしまったので、浩明は気にせず先を続けることにした。

「俺が元気になれたのも、もう一度カメラをやろうって思えたのも、全部裕くんに会えたからだ。だから、もし片想いだったとしても俺は素直に認めたよ。あの子が好きだって」

「浩明さん……」

「男相手に、おかしなことを言っていると思う？　そうだね。俺も心のどこかでは、もしかしたらためらっている部分があるかもしれない。今まで、同性に心を動かされた経験なんかないんだから。でも、あの子の顔を見たり声を聞いたりしていると、そんな問題はごく些細《ささい》なことだって思うんだ。何より、胸がドキドキする。だから、やっぱり好きなんだよ」

改めて言葉にしてみると、頭で考えていたよりずっと裕への想いが深くなっているのに気づかされる。同時に、力強く温かい気持ちが身体の奥から湧《わ》き上がるのを感じた。指先まで満たす情熱は、一人で帰してしまった裕に向かってひたすら溢《あふ》れている。

「美百合には悪いけど……そういう事情だから、小泉館は俺にとっても大切な場所だ。今、潤さんを引き抜かれたりしたら、あそこはガタガタになってしまう。わかるだろう？」

「……あなたとは、ビジネスの話はできそうもないわね」

美百合は深々と溜め息をつき、しばらくの間黙っていた。沈黙の最中も頭を働かせ、一体どうすれば恋に目が眩《くら》んでいる幼馴染みを冷静に戻せるかと考えていたが、どうもいいアイデアは浮かんでこない。しかし、とにかく何かを始めなくてはならなかった。

「私、それなら悪いことを言ったかもしれないわ」

沈黙を破っての第一声は、美百合の決意を表す強い声音だった。

「あの子のお兄さんに、余計な話をしてしまったの」

「余計な話？　なんのことだ、美百合？」

「私ね、彼に私とあなたが恋人同士だって話しちゃったのよ。まずかったわね」

「だって、それは……――」

「でも、尋ねられたんですもの、それに、あなただけ先に幸せになるのはずるいわよ」

ずるい、という言葉を美百合が使った途端、反論しかけた浩明の顔色がサッと曇る。少々弱みにつけ込んだ感もあるが、実際それが美百合の本当の気持ちでもあった。

「とにかく、いずれ小泉館でお会いするでしょうね。それまで、あの子と仲よくしたら」

「……美百合……」

「言い訳なら、聞かないわ。私を裏切ったことに、変わりはないんだから」

そうよ、と美百合は心の中でくり返す。

カメラを再び始めるのも、あの少年を好きになったのも、彼女には全てが裏切りだ。

(だから、浩明さんには近づかないようにって言ったのに)

ベンチから立ち上がった美百合は、顎を摑まれながらも強く見返してきた瞳をふと思い出す。そうして、彼女は声には出さずに一つの予感を胸に抱《いだ》いた。


あの子は。

また、泣く羽目になるかもしれないわね。


裕がホテルへ戻ってすぐ、どこかへ遊びに出ていると思っていた茗が出迎えに来た。見れば、豪胆な彼にしては珍しく強張った表情をしている。

「兄ちゃん、どこ行ってたんだよ。うち、大変だったんだぜ」

「え？　なんか、あったのか？」

「潤兄ちゃんと抄兄ちゃんが、喧嘩したんだよ。なんかよくわかんねぇけど、俺が帰った時にはもう言い争ってて……ていうか、抄兄ちゃんが一方的に怒ってる感じだったんだけど」

「それで、今は？」

「ちょうどエマちゃんが来てさ、気配を察して潤兄ちゃんを外へ連れてってくれた。助かったぜ、本当に。もう冷たい空気がキッチンに充満してさ、凍死するかと思った」

ふざけた言い方はしているが、表情はあくまで真剣だ。しかも、日頃から滅多に感情を爆発させたりなどしない抄が原因だというのだから、茗が戸惑うのも無理はなかっただろう。

裕はとにかく詳しい事情を知るために、自室へ籠《こも》っている抄に会おうと思った。茗は一緒に行くと言い張ったが、人数が増えるとややこしくなるからと説得し、とりあえずはフロントに残ってもらうことにする。もしかして話している最中に、浩明が戻って来るかもしれないからだ。鍵を渡す人間がいなくては、彼が部屋に入れなくなってしまう。

緊急事態なので、三男の自分がしっかりしなければと裕は気合いを入れた。

小泉館は石造りの四階建て、プラス屋上のついた建物だ。一階にはフロントとロビー、それから小さな電話室と家族用のキッチン、そうして今や名物のレストランがある。レストランにはホテルとは別に出入り口がついていて、宿泊以外のお客はここから出入りするのが一般的だ。客室は、全部で五部屋。二階に二部屋、三階に三部屋と部屋数が分かれているのは、二階の一室がダブルだからだ。一応全室にバスルームがついているが、完璧に使えるのは三部屋しかない。中でも、浩明が泊まっている三号室は一番状態がいい。

そうして、裕たち小泉家の住居は四階のフロアになっていた。両親が亡くなるまで裕と茗で一室を共有していたのだが現在はそれぞれ個室をもらっており、残りの一室は抄、出戻りの潤は二階の使用していない客室を自室としている。

今、裕は抄の部屋を目指して階段を上がっていた。つい昨日、浩明にモデルを頼まれた件で相談に行ったばかりなのだが、あの時と今では状況がまったく違うのが不思議だった。浩明の気持ちがわかっただけでも嬉しいのに、昨夜からさっきの薔薇園まで彼と何回キスを交わしただろう。考えただけで、裕の身体はふわっと熱くなった。

ドアの前に立ち、まずはそうっと声をかけてみる。

「抄兄さん？　裕だけど、入ってもいい？」

原則的に、小泉家の兄弟はあまり鍵を使用しない。返事はなかったが鍵はかかっていなかったので、裕は恐る恐るノブに手をかけた。

「兄さん、入るよ？　駄目なら、駄目って言ってよ」

やはり返事がないので、思い切ってドアを開く。いつもはパソコン机に向かっている真《ま》っ直《す》ぐな背中が目に入るのだが、さすがに今日は空席《ふさわ》だった。裕は中へ足を踏み入れ、何気なくベッドの方へと視線を巡らせる。抄の性格に相応しくシンプルで余計な物の一切ない部屋は、薄闇に包まれて淋しく虚《うつ》ろな空気に満ちていた。

「抄兄さん……。いたんなら、返事してくれればいいのに」

「ああ、すみません。考えごとをしていたので」

ベッドに腰かけた抄は、裕の目も見ずにポツリと答える。こんなに覇気をなくした兄を見るのは初めてで、裕もどう話を続けたらいいのかわからず途方に暮れてしまった。

「あの……下で茗に聞いたんだけど……」

「喧嘩のことですか？　茗、どうしてます？」

「フロントを頼んだから、ロビーでテレビ見てる」

「そうですか……あの子にも、みっともないところを見せてしまいました……」

語尾の消え入りそうな声は、両親が亡くなった時ですら聞けなかったものだ。いや、あの時は成人しているのが身内で彼だけだったので、気持ちも張り詰めていたのだろう。抄はそうやっていつも自分の感情を後回しにして、弟たちの面倒を見てきたのだ。

どれだけ抄に甘えて生きてきたのか、今更ながら思い知らされる。初めて目《ま》の当たりにする項垂《うなだ》れた兄の姿に、狼狽《うろた》えるだけの自分が情けなかった。

「裕くん……ドアを閉めて、こちらへ来てくれますか……？」

「う、うん」

言われるままに後ろ手にドアを閉め、静かに抄の座るベッドまで近づく。昼間から様子がおかしいとは思っていたが、どうしてちゃんと理由を聞いておかなかったのだろう。そんな後悔の念が、強く胸を襲った。

側へ来た裕の気配に、抄はようやく目線を上げる。長い睫毛が憂いたっぷりに白い肌へ影を落とし、抄の美貌《びぼう》など見慣れているはずの裕も思わず胸を高鳴らせた。

「……裕くん。君に、聞いておきたいことがあるんです」

「いいよ、何？」

「君は……松浦さんが、好きなんですか？」

「え……」

「僕の言っているのは、特別な意味で、ということです。どうですか？」

「どうって……ど、どうして、急にそんな話……」

「大切なことだからです。僕に、教えてくれませんか」

真摯《しんし》な眼差しで真正面から尋ねられ、ごまかす術《すべ》も嘘をつく度胸もありはしなかった。だが、もしも自分が正直に告白をしてしまったら、浩明にどんな迷惑がかかるかわからない。浩明が好きかと訊かれれば、それが兄でなくても誰にだって「好きだ」と打ち明けることはできる。それくらいの覚悟は、ちゃんと持っているつもりだ。けれど、そのことで欠片《かけら》でも浩明に不愉快な思いをさせるのは嫌だった。

「どうして、黙っているんです？」

抄は根気よく答えを待ちながら、囁くような声で言った。

「もしも裕くんが松浦さんを好きなら、僕は君に話さなくちゃいけないことがあります」

「話さなくちゃいけないこと?」

「鷺白美百合さんの存在です」

ドキッと、心臓が大きく鳴る。

美百合なら、少し前に直接顔を合わせたばかりだ。

「それ……俺の答えと関係があるの……?」

「聞きたいですか?」

「先に聞かせて。そうしないと、落ち着かないから」

「そうですか……」

ふう、と抄が疲れたように息をつく。彼も、進んで話したい内容ではないのだろう。もともと俗世間からは一歩浮いた場所で、完璧な微笑をたたえているようなイメージの人だ。こんな風に愛だ恋だと騒ぐこと自体、異質な感じに思っているのかもしれない。

「裕くん、美百合さんは松浦さんの恋人だって、知っていましたか?」

「恋……人?」

「そうです。美百合さんは、松浦さんとおつき合いしているそうです」

嘘だ。

咄嗟に口をついて出そうになり、裕は慌てて唇を噛んだ。一言でも何か言葉にしたら、そこから醜い感情がいっきに噴き出しそうだったからだ。

美百合と浩明が恋人同士だなんて、そんなの全然聞いていない。第一、浩明はただの幼馴染みだと言っていた。その言葉さえ信じていれば、ショックを受けることなどないはずだ。

だけど、それならどうして美百合はそんな嘘を言ったのだろう。確かにきつい女性だとは思うが、裕を苦しめるためだけになんのメリットもない嘘をついたりするだろうか。

「……裕くん……」

「え……？」

抄が、こちらを見て呆然としている。

その態度に、裕はようやく自分がポロポロ涙を零しているのに気がついた。

「裕くん、裕くん。大丈夫ですか……？」

「へっ、平気。ただ、ちょっと驚いただけだからっ」

抄の綺麗な指が頬に届く前に、裕は袖口《そでぐち》で急いで目許を拭《ぬぐ》う。これではわざわざ言葉にしなくても、答えをバラしているのも同然だ。どうしてこんなに涙腺《るいせん》が緩いんだろうと、我ながら呆《あき》れる思いで裕はごしごしと両目を擦り続けた。

「……こら」

不意に、その手を抄に止められる。

「そんな風にしたら、目が腫《は》れてしまいますよ」

「いいんだ。もう、どうでもいいんだったら」

「そういうわけにはいきません。嫌な話をして、すみませんでした。でも裕くんが松浦さんを好きな以上、避けては通れない現実ですから。それに……傷つくなら早い方がいいです」

「どうして……？」

「もっと、嫌な話がありますから」

そのセリフは、裕の涙を止めるのに充分な威力を発揮した。

「抄兄さん……もしかして、その『嫌な話』が潤兄さんとの喧嘩の原因……？」

「喧嘩って言うより、僕が責めただけで、あの人は何も言いませんでしたけど」

淋しそうに微笑んで、抄はもう一度裕の目を見つめ直す。裕の記憶に残る潤という人は、現在の彼とまったく変わっておらず、恐らくほとんど声を荒らげたり感情的になったりしたことなどなかったように思う。年が離れていたせいもあるが、どんな悪戯や失敗をしても怒られたという覚えもない。いつでも飄々《ひょうひょう》として本心が摑みづらく、でもなんとなく深い愛情を感じさせるため、いるだけで安心感を与える人だった。

それだからこそ、十年ぶりにふらりと帰って来ても、すぐに皆に馴染むことができたのだ。

「喧嘩しても、潤兄さんはちっとも言い返さなかったんだ。相変わらずだね」

「それじゃ困るんです。あの人は、はっきり否定しなかった。できなかったんでしょう。僕の言葉を黙って聞くだけで、何も言い訳しようとしなかった。悔しいし、悲しいことです」

「……一体、理由はなんだったの？　どうして喧嘩したんだよ？」

「彼が……信用できないからです」

抄が思いがけないセリフを吐いて、苦々しげに顔を歪める。裕にとっても、それは胸が凍りつくような瞬間だった。家族の間で「信用できない」という言葉が使われる時など、永遠にないと信じていたからだ。

「それ……どういうこと……」

「裕くんは知らないかもしれませんが、美百合さんは駅向こうのホテルを経営している一族のお嬢さんです。彼女自身も仕事を手伝っていて、そのためにこの街へ来ています」

「うん、知ってる……けど」

「——彼女が、潤さんを自分のホテルへ引き抜こうとしているのは知ってましたか？」

「え……嘘でしょう……？」

「本当です。彼を、レストラン部門の責任者にしたいそうです。条件は……まぁいくつかあるんですが……一番重要なのは、兄弟全員の経済的援助をするというものなんです。早い話が、小泉館を潰して一家揃って来いと言ってるわけです」

「そんな……そんなのって！」

寝耳に水の話に、裕の声まで荒くなる。自転車操業ながらなんとか平和に暮らしていると思っていた『日常』が、色褪《いろあ》せた絵空事のように遠いものになっていく。

「抄兄さん、それ本当なの？　絶対、確かな話なの？」

「残念ながら、本当です。少し前からレストランの方に業界の人らしき客が来ていたので、おかしいなとは思っていたんですが、美百合さんが電話口ではっきりそう言ってきましたから。彼女が言うには……裕くん」

「え？」

「美百合さんは、松浦さんに説得役を頼んだのになかなか埒《らち》があかないから、自分で直接交渉に乗り出すことにしたんだと言っていました。彼は、この一件に絡んでいるんですよ」

浩明が、潤の引き抜きに関係している——？

抄の言葉は裕の理解を超えたものだったので、すぐには意味が呑《の》み込めない。だが、反射的に力が抜け、そのまま床へしゃがみ込んでしまう。身体中の力が、目に見えない手で乱暴に剝《は》ぎ取られていくようだった。

「僕は、潤さんと松浦さんが知り合いだって聞いた時から、変だと思っていたんです。なんの理由もなく観光名所でもないこの土地に長期で滞在するからには、それなりの背景があるはずですから。違いますか？」

「だって、松浦さんが来た時は、まだレストランはオープンしてなかったよ」

「そこなんですよ」

怒りの再燃した抄が、険しい口調で迫る。

「考えたんです。もしも、潤さんが初めから僕たちを連れてホテルへ転職するつもりだったら？　なんの実績もない無名の男に、いきなりグランドシェフの話が来るでしょうか。それは、まずありえないことですよね？　だから、最初に小泉館のレストランをオープンして近所の評判を取り、いかにもその仕事ぶりを評価されたかのような経緯で引き抜かれる。こうすれば、傍目《はため》からはよくある出世物語で説明がつきます。どうですか？」

「……そんな回りくどいこと、どうしてするんだよ……」

「突然大手ホテルのシェフに納まったら、僕たち兄弟の反感を買うでしょう？　規模が違いすぎるとはいえ、一応ライバルなんですから。しかも、同じ狭い土地の中ですよ？」

抄の言うことはもっともな気もしたが、潤はそこまで悪人だろうか。裕が見る限り、彼は小泉館での仕事を心から楽しんでいるようだし、浩明とも特別に親密だとも思えない。仲のよさでいったら、むしろ抄の方があれこれ浩明から話を聞いているではないか。

裕が遠慮がちに反論すると、抄は強い調子で首を振って否定した。

「潤さんの知り合いですよ。僕が、仲よくするわけないでしょう」

「……抄兄さんって」

「なんですか？」

「潤兄さんが家出しちゃったの、よっぽどショックだったんだね」

きっと抄は認めたがらないだろうが、ここまで強硬に潤から気持ちを背けようとしているからには、その深さの分の愛情があったはずだ。案の定、抄はバカバカしいと言って取り合わなかったが、その表情には微かに動揺の跡が見て取れた。

「とにかく、潤さんがグランドシェフの座のために小泉館を利用したと考えると、何もかも納得がいくんですよ。おまけに僕たちの生活まで保障されるんだから、四方八方丸く収まるとでも思っているんでしょう。松浦さんがやって来たのが、何よりの証明です」

「とりあえず、お客さんが来たら営業しないわけにはいかないから……？」

「そうです。あの時、松浦さんはいいタイミングでうちへ来ましたよね。潤さんが急に帰って来てレストランでしばらく食い繋ごうという話になって、しかもシーズンオフのお客が来た。小泉館は成り行き上、再開しないわけにはいかなくなりました」

両親が亡くなって、最初の家族会議を開いた時。

ホテルを閉めようという結論に傾いていた議題を、潤の帰宅がひっくり返した。

「彼の帰宅も松浦さんの来訪も、タイミングがよすぎるんです」

確信を含んだ声音で、抄はきっぱりと言い切った。

でも、だけど、それじゃあ。

いろいろ言いたいことはあるのだが、裕は上手に言葉が組み立てられない。

それじゃ、どうして美百合は「埒があかない」などと急に焦り出したのだろう。それに、浩明はどうして裕を撮りたいなんて言い出したのか。

美百合という恋人がいながら、どうして裕に「好きだ」と言ってきたのだろうか。

「裕くんの考えていることは、大体わかります」

日頃から勘の鋭い抄は、裕の暗い眼差しから全てを読み取ったようだ。そして、すでに裕の疑問には答えが用意されているのを示すかのようにしっかりと頷いた。

「美百合さんは……恐らく、裕くんに嫉妬《しっと》したんでしょう。松浦さんと君が予想以上に親しくなっているので、不安になったのかもしれません。そうでなければ、わざわざ引き抜きに関わっている自分と恋人同士だなんて言ったりしませんよ。それが知られれば、当然僕たちは彼を警戒しますからね。でも、もう松浦さんに任せておけないと判断したんですね……というより、これ以上彼と裕くんを近くに住まわせておきたくなかったんでしょう」

「だって……恋人なのに……」

「裕くんの『好き』だって、恋人への『好き』でしょう？」

さりげなく図星を指されて、裕は思わず「そうだけど……」と呟く。

そうだけど。触れ合いたい「好き」だけど、本当に浩明の方もそう思ってくれているんだろうか。裕の憂鬱が伝染したのか、抄も重い溜め息をついて目線を落とした。

「……正直言うと、複雑な気分ですけどね。弟が同性を好きになるというのは……。でも、こればっかりは裕くんを責められません。松浦さんだって、どういう下心があって君をそんな気持ちにさせたのかわかりませんから」

「下心……下心って、何……兄さん、何言ってるの？」

「味方は、少しでも多い方がいいじゃないですか。いざ引き抜きの話が公になった時、松浦さんが説得にきたら、裕くんだって心が揺らぐでしょう？　結局、賛成するかも……」

「何、バカなこと言ってるんだよっ！」

頭がカッと熱くなり、最後までなんか聞いていられない。裕はすっくと立ち上がり、さっきまで見上げていた兄の顔を、今度は上から見下ろした。

「兄さん、いくらなんでも失礼だよっ。それ、全部兄さんが勝手に考えたことなんだろっ。本当かどうかなんて、まだわからないじゃないかっ！　潤兄さんだって、何も言わなかったんだし！」

「何も言わなかったのが、いい証拠じゃないですか！」

弟に負けじと、抄も顔を上げて言い返す。

「僕だって、否定して欲しくて言ったんですよ！　なのに、あの人は何も反論しなかったっ。違うなら一言そう言えば済むことなのに、黙っていただけでした！」

「でも、松浦さんは！　松浦さんは……そんな人じゃな……」

唐突に、裕は声が出なくなった。

喉《のど》に不愉快な固まりがせり上がってきて、どうしても呼吸が楽にできない。息をするたびに胸が熱くなり、視界がちかちかと眩み出した。

松浦さんが俺を味方にするために優しくしたなんて、そんなの絶対に信じられない。

たったそれだけの理由で、「好きだ」なんてセリフを口にするわけがない。第一、そんなことしてあの人になんの得があるって言うんだ。考えるだけ無駄だ、ナンセンスすぎる。喉で、ぐるぐる同じセリフが回っている。抄なら、きっとこう答えるだろう。

『恋人の仕事を、手助けするためじゃないですか……？』

でも、違う。そうじゃない。「美百合は幼馴染みだ」と、はっきり浩明はそう言ったのだ。美百合からは何も聞いていないが、彼女より浩明を信じるのは当たり前だ。

だけど、と裕の心で別の声がした。

この恋は上手《うま》くいきすぎだと、どこかでちょっと思っていなかったか……？

「裕くん、大丈夫ですか？　顔色がすごく悪いですよ？」

「気持ち……悪い……」

「裕くん？　裕くん、しっかりしてくださいっ」

やにわに緊迫した調子で、抄がしきりと呼びかけてくる。口許を押さえてその場にうずくまった裕は、間髪を容れずに胃の中の物を床へ吐き戻した。

「裕くん、裕くんっ」

遠く近く響いた抄の声も、段々と耳鳴りが邪魔して聞こえなくなってくる。

これって、不治の病なのかな……。

遠のく意識の中で、裕はボンヤリとそんなことを考えていた。

「信じられねぇよ。一体、裕兄ちゃんに何を吹き込んだわけ？」

「吹き込んだなんて、茗くん、そんな……」

「だって、そうじゃん。兄ちゃんがあれこれ考えるのは勝手だけどさ、どうして裕兄ちゃんまで巻き添えにするんだよ。そうでなくても、あいつ気にしやすいのに。可哀相だろ！」

「茗くん……」

打ち寄せる波のように遠く近く、二人のやり取りが聞こえてくる。どうやら、抄が茗に文句を言われているらしい。ただでさえ潤と抄は冷戦中なのだから、せめて他の兄弟だけでも仲よくしたらいいのに。裕がふっとそう意識した途端、急に身体が重たくなった。

「……あ。抄兄ちゃん、裕兄ちゃんが目を覚ましたよ」

「裕くん、大丈夫ですか。裕くん？」

「もう、抄兄ちゃんはそればっかりだな。何度言やぁ、気が済むんだよ」

うっすらと開いた目に、茗の勝ち気な顔が映る。意思のはっきりした黒目と、表情を豊かに表す口許。視界に馴染んだ人物の存在は、それだけで裕をホッとさせる。

茗の後ろには、心配と後悔で瞳を暗くした抄の顔も見えた。この綺麗な顔立ちに、自分は何度見惚れたことだろう。

そこまで考えて、誰かが足らないと裕は思った。確か、小泉家は四人兄弟だったはず。

ああ、潤兄さんがいないんだ。

そう気がついた時、裕の脳裏に一度に何もかもが蘇《よみがえ》った。

「潤……潤兄さんは？　松浦さんはっ？」

「おい、いきなり起き上がるなよ」

突然上半身を起こした裕に、半ば呆れた声で茗が呟いた。

「まったく、うちの兄どもはもう少ししっかりしてくれないとなぁ。潤兄ちゃんは、エマちゃんと出かけたっきり戻ってないよ。松浦さんなら、さっき帰って来て部屋にいる」

「さっきって……今、何時？」

「夜の九時だけど？　兄ちゃん、夕方からずっと寝っぱなしだったんだぜ」

「……そうだったのか……」

どうりで、頭がボンヤリするはずだ。抄の部屋で貧血を起こしてから後の記憶がふっつり途絶えているが、生来が健康なだけにずい分心配をかけたことだろう。あんまりショックな話を次々と聞かされて、どうやら身体が現実逃避を図ったらしい。情けない話だが、貧血なんて起こすのは小学二年の朝礼の時以来だった。

「裕くん……すみませんでした」

さっきから偉そうにしている茗を押し退けて、抄が申し訳なさそうに謝ってくる。裕が倒れたので、かなり気が動転したのだろう。倒れる前まではきちんと束ねてあった髪が、今は解けて背中へさらさらと流れていた。

「僕もちょっと気が立っていたものですから、つい余計な話をしてしまいましたね。こんなんじゃ、兄失格です……本当にすみません」

「そんな……そんなに気にしないでよ、抄兄さん。俺、少し疲れてたみたいだから。それより、部屋を汚しちゃってごめん。後始末、大変じゃなかった？」

「そんなこと、どうでもいいんです。具合、どうですか？　病院へ行きましょうか？」

「ううん、もう平気だよ」

上半身を起こしたついでに、裕はベッドからも勢いよく降りた。よくよく周囲を見回してみれば、ここはまだ抄の部屋だ。服こそ自前のパジャマを着せられていたが、どうやらずっと抄のベッドに寝かされていたのだろう。

「二人とも、心配かけてごめん。俺、自分の部屋へ戻って寝直すから」

「薬は？　医者は？」

「大丈夫だってば。もう、どこも悪くないよ。それじゃ、お休みなさい」

まだ何か話しかけたそうな抄を笑顔で黙らせ、溜め息をつく茗には目で軽く合図を送る。元気になったことを殊更アピールした裕は、とにかく一刻も早く一人で抄の話をゆっくり考えてみたかった。

廊下の冷たさに足が痺れ、裸足《はだし》で出て来たことを裕は早くも後悔する。靴下も靴も抄のことだから、裕の部屋にきちんと揃えて戻しておいてあるんだろう。

（……それにしても、倒れちゃうなんてみっともないなぁ……）

あんまりストレートな拒否反応が出たので、思い返すとすごく気恥ずかしい。あの場に浩明がいなかったのだけが、せめてもの救いと言えた。

浩明は、もう部屋に帰っているという。そういえば、後でまた部屋で会おうと約束をしていた。裕は感覚の消えかけた足を止め、突き当たりの窓から漏れる月明かりに真っ白な息を吹きかける。

今夜は、空にどんな月が浮かんでいるのだろうか。

三号室から見てみたいなと、裕はもの悲しい気分で思った。


新月まで、あと少しってところかな。

バスルームから出てきた浩明は、手早くパジャマを着ると真っ直ぐ窓へと向かう。今夜は冷え込みが厳しかったので開けるのは諦めたが、硝子《ガラス》越しに見上げる夜空は部屋の照明次第で幻想的に映り、また違った楽しみ方があるのだ。

こんな余裕のある夜の過ごし方も、この街に来てから得たものだった。

(裕くん……やっぱり、美百合のこと気にしているのかな……)

遅くまで起きて待っていたが、結局裕は部屋を訪れなかった。一度階下へ降りた時、戸締まりをしている茗に訊いてみたが、部屋に入ったきりすぐに寝てしまったようだと言う。兄はこのところ疲れているみたいだから今日は休ませてあげてくれと、さりげなく釘まで刺されてしまった。

天井の明かりは消して、机の上とサイドテーブルのスタンドだけを点《つ》けた部屋は、オレンジの温かな光が輪を描いて空間を染めている。ここの住人は無頓着《むとんちゃく》に扱っているが、これでなかなか家具や小物などに価値あるアンティークが使われていて、実際浩明も驚かされることが多かった。日常の清掃は小マメにしているため、古くても清潔感に溢れた家具たちは美術品としてではなく家具としての役目を全うしており、そこが小泉館らしいところなのだろう。数多くのホテルを渡り歩いた浩明だが、こんなに寛げる空間はそうはなかった。

もし、ここがなくなったら。

美百合の引き抜きが成功して、兄弟が全員駅向こうのホテルへ移ってしまったら。

それは、想像しただけでも空《むな》しい未来だった。昼間彼女に言われた通り、カメラを再び手にした自分は遅かれ早かれここを出て行くことになるだろう。けれど、小泉館なら何度でも戻って来られると思っていた。たとえどんなに遠い国へ出かけて行っても、自分は絶対にここへ帰って来る。それは、浩明にとっては確信に近かった。

でも、肝心の小泉館が残っていないのでは話にならないのだ。

（なんとかして……美百合を諦めさせないと……）

彼女から裏切ったと罵《ののし》られた時は辛かったし、返す言葉もなかった。けれど、どうしてもこれだけは譲れない問題だ。もしかしたら、単なる自分のエゴかもしれない。けれど、やはり小泉館にはこの先も存在し続けて欲しい。

ホテルに戻った浩明はすぐに潤と話をしようとしたのだが、今日はレストランが休みなので、彼はエマと出かけたまま帰っていなかった。何につけてもタイミングの悪い日というのはあるものだが、今日の間の悪さはトップランクと言っていいかもしれない。

（ホントに、そうだよな……。せっかく、裕くんとデートしていたのに……）

明日になれば、また運も開けてくるかもしれない。そう自分を慰めて、そろそろベッドへ入ろうかとしていた時だった。

——コンコン。

控えめなノックが微かに耳を掠め、浩明は何気なくドアの方を振り返る。

「……はい？」

「松浦さん……俺……裕だけど……」

思わず、浩明は耳を疑った。

咄嗟に机の上に置いた腕時計を見たが、時間はとうに十二時を回っている。こんな遅い時間に裕が部屋を訪ねて来たことなど、もちろん一度もなかった。

「裕くん？　待ってて。今、開けるから」

慌ててドアの鍵を開け、驚かさないように静かに扉を開ける。

だが、廊下に立つ裕を視界に入れた瞬間、浩明は耳だけでなく目まで疑いたくなった。

決意を秘めた眼差しでこちらを見返す裕の格好は、パジャマ姿だったのだ。

「どうしたの……こんな時間に」

「ごめんね、松浦さん。もう寝てた？」

「いや……寝てたのは、そっちじゃなかったの？」

「え？」

「だって、茗くんが……君はもう寝てるからって」

「……ああ」

何か思うところがあったのか、裕はその言葉にすぐに納得したようだ。浩明もようやく冷静さを取り戻し、とりあえず冷えた廊下から部屋の中へと招き入れた。

三号室が他の部屋より具合のいいところは、バスルームの他にまだ二点ある。一つは、空調が比較的よく働くので、部屋にさえいれば快適に過ごせるということ。そしてもう一つは、部屋に備えつけの電気湯沸かし器があるということだ。お陰でコーヒーでも紅茶でも、材料さえ用意しておけばいつでも好きな時にお湯を沸かして飲むことができる。

小泉館に滞在して、そろそろ一ヵ月。その間浩明はこの湯沸かし器のお世話になりっぱなしだったが、今夜ほどこれがあってよかったと思った時はなかった。

「裕くん、紅茶とコーヒーどっちにする？」

「あ……じゃあ、紅茶ください」

「ＯＫ。ま、どっちにしろインスタントだけどね。とにかく飲んで、身体が温まるから」

淹《い》れたての紅茶を真っ白なマグカップに満たし、「はい」と裕へ差し出す。自分の分のカップを右手に浩明が座ったのは、座るとバラバラになりそうな古びた椅子だった。しばらくは怖くて使ったことがなかったのだが、最近になって意外に座り心地のいいことを知って愛用している。

「……なんだか、お客さんにサービスさせちゃって悪いなぁ」

立ち上る湯気にくすぐったそうに目を細め、裕は小さな声でポツリと呟いた。

「裕くん、いつまでも立っていないでベッドにでも座れば？」

「あ、うん。そうだね」

浩明の薦めに従って、彼は素直にベッドの端っこへ落ち着く。

しばらくの間、裕が紅茶を啜《すす》る音だけがしんみりと部屋中に響き渡っていた。

（美味《おい》しいな……）

温かい紅茶は、裕の冷えた身体にゆっくりと染み渡っていく。同時に、緊張気味だった心にも少しだけ寛いだ気分を与えてくれた。

抄の部屋から自室へ戻り、それから裕はずっと考えていた。

彼が言う通り、確かに浩明と潤の関係には謎が多い。おまけに潤の引き抜き問題が裏にあるとすれば、浩明がなんらかの形で関わりを持っている可能性は否定できないだろう。

それなら、自分はそれらの疑惑と浩明を愛しいと思う気持ち、この二つに対して一体どんな形でバランスを取ればいいのだろう。兄のセリフと浩明の態度、果たしてどちらを信じればいいのか。

けれど、いくら頭で考えてもわからなかった。

わかっているのはただ一つ、浩明に会いたいということだけだ。様々な問題が浮上している今、もしかしたら浩明と自分にはあまりたくさんの時間は残されていないかもしれない。

今夜会いたいという気持ちを無視したら、ひどく後悔しそうな気がした。

「でも、まさか裕くんがこんな時間に来るなんて、ちょっとびっくりしたよ」

「………」

「裕くん？」

突然部屋を訪ねられた浩明は、そわそわと落ち着かない気持ちを隠そうと意味もなく裕へしゃべりかけてみる。だが、返事の代わりにこちらをじっと見ている瞳に気がつき、ますます鼓動が速くなってしまった。

裕の真摯な眼差しはオレンジに染まり、彼の心はその色の下に隠れている。

紅茶の湯気に温められた唇がゆっくりと動き出すのを、まるで不思議な生き物でも見るような思いで浩明は見つめた。

「……松浦さん」

「ん？　何？」

「昨日の続き、しようか？」

「え……」

今度こそ、本当に浩明は自分の耳を疑った。

昨夜、初めて互いの気持ちを確認し合った二人だが、浩明が勢いに任せて裕を抱こうとしたら、一生懸命に抵抗されてしまった。浩明もそれでなんとか自制することができ、時期が来るまで無理せずに待とうという気にもなったのだが、あれからたった一日でいきなり裕の気持ちが変わったのは一体どういうわけなのだろうか。

「松浦さん……なんで、黙ってるの？」

「いや、なんでって……急にどうしたの、裕くん」

「急じゃないよ。昨日だって、いきなりだからびっくりしただけで、別に俺は……」

「その割に、嫌がっていたじゃないか」

「嫌じゃないよ。その……嫌じゃなかったよ。ただ、そういうの慣れてないから……」

「なんか、おかしいなぁ」

裕が必死になって言い訳をすればするほど、ますます浩明の疑惑は大きくなる。彼だって生身の人間だし、好きな子から積極的に迫られれば嬉しくないわけではない。だが、それはあくまで自然の流れに沿ってそうなった場合だ。けれど、目の前でカップを握りしめている裕の手は、緊張のせいか小さく震えていて、何か重大な決心の上に行動しているような悲壮な感じは拭えなかった。

「裕くん。やっぱり、美百合のこと気にしてる……？」

なるべくやんわりと尋ねたつもりだったが、途端に裕は激しい勢いで首を横に振った。

「そうか……。じゃ、どうして急にその気になったのかな」

「だから、急にじゃないってば。俺は、松浦さんだったらいつだっていいんだよ」

「それはすごく嬉しいけど、なんか変じゃない？」

「別に、変なもんか」

気分を害したのか、裕は持っていたマグカップを乱暴にサイドボードに置く。浩明がなんと言おうと決心は変わらないらしく、決意を秘めた眼差しでキッと宙を見据えた。

「俺の言ってること、全然おかしくなんかないよ。松浦さんが好きだから、昨日の続きから始めようって言ってるだけじゃないか。恋人同士だったら、当たり前なことなんだから」

「そんな、ムキにならなくても……」

「松浦さんは、嫌なの？　俺と寝るのが、そんなに嫌なのかよ？」

「裕くん！」

思いの外、強い口調で話を遮られ、裕はびくっとして口を閉じる。心なしか間近に近づいた浩明の顔は、裕が今まで見たこともない厳しい表情を作っていた。

「どうして、そんな言い方するんだ。ちょっと、こっちにおいで」

「お、おいでって、なんだよ。なんか、するつもりなんだろ」

「されたがっているのは、君だろう？　いいから、さぁ」

ぐいっと手首を摑まれて、抗《あらが》う隙もなく胸許へ引き寄せられる。突然のことに狼狽《ろうばい》した裕は腕の中に収まってから遅い抵抗を試みたが、すぐに諦めておとなしくなった。

これまでにも何度か浩明の体温へ触れる機会はあったが、今日は互いにパジャマ姿のためか薄い生地越しに温もりが伝わり、その熱さは特別なものに感じられる。

やがて背中に浩明の手が回り、裕は改めてしっかりとその胸に抱きしめられた。普段はかなり着痩《や》せして見えるくせに、意外にも薄く筋肉のついた浩明の身体は弾力があり、細いながらも均整の取れた身体つきをしていることに今更のように気づく。

「……まったく。素直なのは君の美徳だけど、少しは雰囲気を大事にしてくれないかな」

「雰囲気って……なんのこと？」

「さっきの言い方。あれはないでしょうが、俺と寝るとか寝ないとか、そんな挑発の仕方されて嬉しい奴がいるもんか。第一、裕くんの顔に似合ってないよ」

浩明は無意識に言ったのだろうが、「顔に似合ってない」と断言されるとそれはそれで傷つくものがある。裕としては、あれでも目一杯大胆になってみたつもりなのだ。

「でも……だけど、どうしたらいいのか……」

「裕くんには裕くんの魅力があるんだから、それを使って攻めてみれば？」

「わかんないよ、そんなの」

乱暴に言い放ち、浩明の胸に顔を埋めた裕は恥ずかしさと苛立《いらだ》ちの両方からしがみつく手に力を入れる。洗いたての肌の香りが鼻孔をくすぐり、うっとりするような心地よさが僅かに心を慰めてくれた。

「裕くんの魅力……そうか、自分じゃわかんないもんだよなぁ」

「もういいよ。俺、失敗したんだろ。上手に、松浦さんを誘惑できなかったんだから」

「あのねぇ、そういう問題じゃなくて」

「もういいんだってば。いいから、全部忘れてよ」

「今更、そうはいかないよ」

裕の髪の毛を軽く撫で、浩明はそっと指先で柔らかな頬をつつく。その仕種につられて裕が顔を上げると、浩明の微笑が降りかかってきた。

「……無防備でいい顔だね。大好きだよ」

「松浦さん……」

「裕くんの顔には、余計なセリフは必要ないな」

「でも、それじゃわかってもらえない……」

「そんなことないよ。簡単だよ」

浩明は裕を抱いたまま身を屈《かが》めて、更に笑顔を近づける。

「抱いてって、言えばいいんだよ」

その瞬間。

浩明の腕の中で、裕の体温が確実に数度は上昇した。


ベッドの上に座った裕は、ゆっくりと覆い被《かぶ》さってくる浩明の身体を受け止めると、ぐるりと視界が一転する光景を奇妙な思いで見ていた。

あの天井は、昨夜もこうして見たような気がするけど。

今の気分とは、なんて大きな違いがあるんだろう。

「裕くん、平気？　重くない？」

「うん……大丈夫だよ。そんなの気にしなくていいから」

横たわって聞く浩明の声は、いつもよりもずっと切なげだ。答える自分の声まで湿り気を帯びているようで、裕は少しだけ現実からズレたような不安を覚える。

囁くような低い吐息と、肌に直《じか》に触れてくる温かい呼吸。

何もかもが初めて知ることばかりだし、どう対処したらいいのかよくわからない。わかっているのは、これから浩明と過ごす時間は、多分一生忘れないだろうということだけだ。

パジャマのボタンを器用に外していきながら、浩明は短いキスを裕の唇に降らせていく。無理して何かしなくていいからと耳打ちされて、羞恥に全身が熱くなった。

浩明の指が露《あらわ》になった肩から胸へと滑らかに辿《たど》っていき、唇はうなじに深く埋められる。指先が小さな乳首を捉えた時、同時に尖《とが》らせた舌が喉仏から鎖骨までを味わい始めたので、裕の襟足から背中までを何度も快感が走り抜けた。

親指と人差し指の間で緩く擦り合わされ、あどけなかった胸の先端は徐々に固さを増していく。浩明がその場所を軽く口に含むと、とうとう堪え切れずに裕は短い声を上げた。

尚も執拗《しつよう》に乳首を舌で責め立てられ、背けた顔をシーツに押しつけた裕は、懸命に上がる喘《あえ》ぎを押し殺そうとする。そうやって彼を翻弄《ほんろう》している間も浩明の指は裕の湿った肌の上で自由に動き回り、触れると身体が小さく跳ねる敏感な部分には、特に焦らすように丁寧な愛撫をくり返した。

「……はぁ……あっ……松浦さん……ああ」

いつの間にか声を殺すことも忘れて、裕は浩明へすがりついている。

「う……く……ああっ」

「いいんだよ……もっと声出しても。裕くんの声、すごく好きだ……」

耳たぶを甘く唇で嚙み、囁く浩明の声も微かに上ずっていた。実際、何も経験のない裕がここまで敏感な反応を見せるとは思っていなかったので、冷静に事を進めようとしていた浩明も今では夢中になっていたのだ。

もっと、声を上げさせたい。

もっと、強い快感を与えたい。

今、浩明を動かしているのは、そんな純粋な欲望だけだった。

「松浦……さん……松……浦……さ」

「……裕、名字じゃなくて……名前で呼んで……」

「名……前……？」

「そう……浩明だよ」

「ひろ……あき」

「そうだよ」

「浩明……あっ」

名前を呼ぼうと開かれた唇に、浩明の指が侵入する。口腔を蹂躙《じゅうりん》する振る舞いに、裕は嫌がるどころか進んでその指を舐め始めた。長い指に舌を絡ませて、懸命に食べ尽くそうとする眉を寄せた顔つきが、一層浩明を激しさへと駆り立てる。

けれど、残された右手を腹から下半身へそっと忍ばせると、さすがに舌の動きが止まった。ズボンを脱がせるのに抵抗こそしなかったが、裕が戸惑いを覚えているのははっきりとわかる。浩明は一旦、全ての愛撫を休むと、裕の口から優しく指を引き抜いた。

彼は着ていたパジャマを素早く脱ぐと、乱れた呼吸を整えようとする裕の額に、柔らかな唇を寄せて囁く。

「裕……愛してるよ……」

それは、裕に対して初めて使う言葉だ。

だが、意識するよりも先に、自然と浩明の唇からはその言葉が生まれていた。

「愛してるよ、本当に」

「うん……」

ぱっちりと見開かれた瞳に、透明な膜がうっすらと張られている。

浩明の告白によっぽど驚いたのか、裕は言葉少なに答えると再び目を閉じてしまった。

「裕が辛かったら、この先は諦めるけど……平気?」

肌を掠める浩明の声にも、やっぱり裕は黙って頷くだけだ。いく分熱が治まったとはいえ、こうして浩明の存在を感じればすぐにも身体の奥から変化が始まってしまう。そんな自分の感覚が不思議だったが、背中を滑り降りる唇の感触に早くも頭の芯がぼうっとしてきた。

「浩……明……あの……」

「うん？　どうしたの？」

「俺……変じゃない……？　ねぇ、変じゃ……ない……？」

「大丈夫。どこも、変なんかじゃないよ」

「なら……いいけど……」

まだ呼び捨てにするのは照れがあるのか、裕はなかなか瞳を開けて浩明の顔を見ようとはしない。けれど、若くて健康な身体は浩明との結びつきを願って、下着の上からでも欲望がはっきりとわかるほどだった。

浩明の指が、ためらいがちに裕自身へと伸ばされる。微妙な力で搦め捕られたそれは手の中で一際固さを増し、すぐにも弾《はじ》けそうなくらい熱くなっていた。

「裕……言って。これからどうして欲しいのか、俺に教えて」

「え……あ……どうって……」

「もっと、気持ちよくなるようにしてあげたいんだ。どうする？　どこがいい？」

「どこって……そんな、わかんないよ……」

言葉で裕の意識を引きつけておいて、その隙に下着を剝ぎ取る。浩明はそのまま絡めた指

に少しだけ力を込めると、自分の快感の記憶を頼りにゆっくりと上下に動かし始めた。

「あ……っ」

その途端、それまで控えめだった裕の声が、甘い湿りを帯びて浩明の鼓膜に染みてくる。荒い呼吸の交じった切ない喘ぎは、浩明に下半身を揺さぶられるたびに大きくなり、痺れるような快感がうねりを伴って裕の小柄な身体を駆け巡った。

「あ……ふ……ああ……あっ」

いつしか、裕は愛撫に合わせて腰を動かし始めている。その仕種に感じた浩明は、呻《うめ》くような溜め息を漏らすと再び唇を裕の胸許へ寄せ、胸と裕自身とを同時に責め出した。

「いやだっ……あっ……ひろあ……き」

「どうして？　感じてるんじゃないの？　嫌いなの？」

「んふ……駄目……も……そんなに……したら」

「いいんだよ……好きなんだから……」

締めつけられ、上下に擦り上げられ、裕自身の先端はすでに濡れ出している。絶頂が近いことを知った浩明は肩に食い込んだ裕の右手を摑むと、彼が嫌がらないようにゆっくりと欲望に満たされている自分自身へと導いた。

指先の触れている物に気づいた裕は、その場で一瞬動きが止まる。その間にも快感は休むことなく裕を襲い続けていたので、彼は泣きそうな声で浩明へ訴えた。

「……浩明？　どう……するの……」

「もし、嫌じゃなかったら……裕も触って」

浩明のその一言で、裕の恥じらいは消えたようだ。彼は浩明から受ける愛撫を真似しながら、恐る恐る手の中の熱い固まりに愛情を注ぎ込み始めた。

「こう……で、いい……？　気持ちいい？」

「うん……いいよ、裕……すごく、いい……」

互い自身を手で愛し合いながら、呼吸を搦め捕るような深い口づけをくり返す。重ねた唇の隙間から漏れる裕の声は、限界を感じてすでに嗚咽《おえつ》のようになっていた。

「あぅ……んく……」

喉で息が止まり、身体の熱が一点を目指して凄《すさ》まじい勢いで流れていく。

浩明の愛撫がその激しさを一段と増し、とうとう裕は苦しさのあまり彼の肩へ歯を立てた。

「ひろ……あき……ひろあき、ひろあき、ひろあき……っ」

「裕――」

「あ……あ……ああっ」

まるで解放の呪文のように、声が嗄《か》れるほど名前を呼ぶ。

瞼の裏側で白く光が弾け飛び、裕は全ての情熱を迸《ほとばし》らせていた――。

「裕くん、裕くん？」

「ん……あれ……」

「さっきからずっとボーッとしてるけど、大丈夫？」

あれから、どれくらい時間がたったのだろうか。

ふと気がつけば、自分はシーツにくるまったまま、空っぽの頭で天井を見つめていた。

隣では、少しだけ心配そうな浩明の声が名前を呼んでいる。

「裕くん？」

「松浦さん……」

思わず顔を見合わせてから、互いの呼び方が前とちっとも変わっていないことに気づいて、二人は同時に笑い出してしまった。

抱き合っていた時には貪《むさぼ》るように名前を呼び合ったのに、こうして理性が戻ってくるとなんだか気恥ずかしくて呼び捨てになんてできない。

だけど、そういうのもどこか自分たちらしいと笑いながら裕は思った。

「まったく……なんなんだか、俺たちは……」

「でも、浩明って名前、呼びやすくていいね。裕って言いづらいでしょう？」

「そんなこともないけど、やっぱり改まって呼ぼうとすると照れくさいよね」

脱ぎ散らかした二人分の下着やパジャマを呆然とした様子で眺めてから、浩明はそんな風に言ってベッドから身軽に降り立った。

てきぱきと服を身につけて、ついでに時計で時刻を確かめる。

「ああ、もう二時だよ。裕くん、部屋に戻らなくても平気かな？」

「大丈夫だよ。明日は……もう今日か……日曜日だし、そんな心配しなくても」

「……身体の方は、問題ない……よね？」

くるりと振り返った浩明は、それでも一応真剣な顔をしていた。

「うん、平気。少しだるいだけで、問題ないよ」

「それなら、よかった」

心からホッとした口調で頷き、浩明は裕がさっき残した紅茶を一息に飲み干している。

すでにパジャマの下に隠されてしまったが、あの滑らかな肩に歯を立て、傷一つない背中に爪痕《つめあと》を残したのだ。そう考えると、裕には彼と抱き合ったことがとても現実の出来事とは信じられなかった。

浩明がベッドから離れている間に、ノロノロと自分の服をかき集めてそれを身につける。本当は動くのすら億劫《おっくう》だったが、いつまでも裸でいてだらしない奴だと思われるのが嫌だったからだ。けれど自分の肌に触れるたびに、細胞から全部がそっくり別物になってしまったような奇妙な感覚が裕を襲い、ちょっとの間だけ無口になってしまった。

「もしかして、裕くん、眠いの？」

戻って来た浩明が、ひょいと顔を覗《のぞ》き込んで話しかける。間近で目を合わせると少し前の熱が蘇りそうで、裕は慌てて目を逸らした。

「べ……別に、眠くなんかないけど」

「そう？　なんか、今日は少し様子が変だったから。もしも、何か心に引っかかることでもあるのなら話してみないか？　それとも、俺には話したくないことなのかな」

「そんなこと……」

「無理強いするわけじゃないけど、裕くんって溜め込むタイプだろう？」

浩明は無邪気にそんなことを言っているが、この部屋へ来る数時間前に裕と抄の間で交わされた会話を知ったら、果たして微笑んでいられるだろうか。

裕は複雑な思いを噛みしめながら、胸の中で抄の言葉を反芻《はんすう》していた。

『どういう下心があって、君にそういう気持ちを起こさせたのか……』

ひどく傷つくセリフではあったが、当事者ではない抄がそんな風に考えてしまうのは仕方のないことかもしれない。彼は直接美百合から「浩明の恋人」だと聞かされているのだし、浩明がゲイと公言しているのならまだしも、普通の男が平凡な男子高校生と恋に落ちるなんて、どう考えてもすんなり納得できる話ではないからだ。

だけど、と裕は心で反論する。

松浦さんは、好きだって言ってくれたんだよ。

抱きしめてくれた浩明の手や、ついばむような口づけの温かさ。裕を見る眼差しの優しさも何もかも、彼の純粋な気持ちから生まれたものだと信じている。

もしも、美百合の言ったことが本当だとしても、浩明が自分を利用するための口実として同性の自分へ恋を仕掛けてきたなんて、裕にはとても思えなかった。美百合との仲にはそれなりの事情があるのだろうし、それは浩明を信じてさえいれば、いつかちゃんと説明してくれるはずだ。

そう自分に言い聞かせ、それでこの問題はクリアしたつもりだった。

ところが、抄の部屋から戻った裕は、どうしようもない事実に気がついてしまったのだ。

抄はあれこれ推量して話してくれたが、実際のところ浩明がどういう目的で小泉館に来たのかはわからない。けれど、はっきりしていることは一つだけあった。

彼は、いつかここからいなくなるという現実だ。

これればかりは、裕がどんなに彼を好きでも絶対に乗り越えられない。

そのことに気づいた時、たまらなく浩明の顔が見たくなった。一人で眠る時間がひどく勿《もっ》体《たい》ない気がして、矢も盾もたまらずに三号室の扉をノックしていた。

中から浩明の驚いたような表情が見えた時、その衝動が何に繋がるのかを裕は知った。自分は、浩明と抱き合いたかったのだ。恐らくは限られた夜を一緒に過ごし、同じ月を見上げたかった。それも、他のどこでもない、この小泉館の三号室で。

「なんだか、やっぱり少しボンヤリしているね。もう寝ようか？」

「え？」

「今夜は部屋に戻らないで、ここで一緒に寝ようよ。駄目かな？」

いつの間にか隣にもぐり込んで来た浩明が、裕のパジャマの端を軽く引っ張る。部屋はシングルでもベッドはセミダブルなので、なんとか男二人で寝られないこともない。

「うん……俺も、部屋に帰りたくないって思ってたんだ」

できれば、ずっと隣にいたいくらい。

続けて、心の中でこっそり付け加える。

けれど、浩明が小泉館の『お客』である以上、それは叶《かな》わない夢だろう。

裕を腕の中へすっぽりと包み込んだ浩明は、自由な左手で裕の髪を弄《もてあそ》びながら、うっとりした声音で話し出した。

「裕くん……実は、本当のことを言うとね」

「うん」

「君が今夜部屋に来てくれて、すごく嬉しかった」

「本当に？　でも松浦さん、なんか変だってずっと言ってたじゃない」

「それはそうだろう。恋人がいつもと違う態度だったら、誰だって何かあったんだろうって思うよ。でも、昼間はせっかくデートを楽しんでいたのに残念な結果になっちゃったから、悪いなあって思っていたんだ」

「そんなの……」

「今度、改めてデートしような」

こめかみに、微かに触れる指先がくすぐったい。浩明が触れていると思うだけで、胸に温かな気持ちがじんわりとこみ上げてくる。

さっきまでの激しさとは打って変わった、この静かな安心感。浩明の存在は、両極端な感情を裕という一人の人間から自在に引き出してしまうらしい。

それなら、自分はどうなのだろう。

浩明に、ちゃんと何かを与えることができているのだろうか。

「ねぇ、松浦さん。俺って、松浦さんのなんなのかな」

「――全部」

臆面もなく即答して、浩明はギュッと裕を抱きしめた。

◆◆◆　6　◆◆◆

翌日は日曜日なので、裕は思う存分朝寝坊するつもりだった。

けれど、隣に浩明がいるという照れ臭さからか、普段よりもずっと早く起きてしまう。

（なんか……こういうつもりじゃなかったんだけどな……）

思いっきり惰眠を貪った後で、ベッドの中で二人でふざけ回るという図式を頭に描いていた裕は、ちょっとだけ当てが外れてがっかりした。予定通りなのは浩明だけで、彼は先に起き出した恋人の気配にも気づかずに、まだ夢を見ている最中だ。

（でも……松浦さんって、寝てると可愛いじゃん……）

好きな相手の寝顔を見るというのも、これはこれでなかなかいいかもしれない。気を取り直した裕はしばらく一人でニヤつきながら、浩明の寝顔を見つめていた。

しかし、何事にも限界はある。やがて、猛烈な空腹が裕を襲い始めた。考えてみれば、昨日の昼から何も食べていないのだ。しかも、せっかく食べた昼食も吐いてしまったから、丸一日食事をしていないのと同じだった。

最初の内は、浩明が起きるまで待って一緒に食べるつもりだった。しかし、我慢して様子を見ていても、どうやら彼はまだ起きそうもない。浩明の腕時計で時間を確かめたら、時刻はやっと八時を過ぎたばかりだった。

（キッチンに行けば、なんかあるかもしれないな）

とうとう空腹に負けた裕は、そろそろとベッドから抜け出すことに決める。一緒の朝食は諦めて、昨日台無しになった昼食をやり直せばいいか。そう自分を納得させて、浩明を起こさないように忍び足でそっと部屋を出て行った。鍵は開いたままになってしまうが、泥棒に入るような人間もいないのでまず心配はないだろう。それより、もしかしたら食事を終えて戻っても、あの調子ならまだ寝ているかもしれない。

とりあえず、いくらなんでもホテル内をパジャマでウロウロはできないので、着替えるために一度自室へ帰ることにする。階段を上がってすぐ右手の部屋が裕、抄の部屋はその正面にあった。

「あ……」

ところがタイミングの悪いことに、階段を機嫌よく上がりかけた裕はちょうど部屋から出て来た抄とばったり顔を合わせてしまう。当然ながら、まるで子どもの朝帰りを見つけた母親みたいに、抄の顔つきが厳しくなった。

「お……おはよう、抄兄さん」

「――裕くん。どこ、行ってたんですか？」

「どこって……別に、どこでもないけど……」

「嘘はいけません」

もとよりごまかせるとも思わなかったが、ピシリとやられた裕はつい続きの言葉を失う。けれど、下手な言い訳より沈黙の方が功を奏したのか、ふっと抄から険しさが消えた。

「……松浦さんの部屋ですか？」

「う……うん」

「その格好から察するに、昨夜から行っていたんですね」

「…………」

まさかあっさり認めるわけにもいかず、またもや裕は沈黙を守る。どうせ裕を一目見た時から、抄は何もかも悟ってしまっているのだろう。だからといって、ごくプライベートな出来事を、なるべくならあまり口には出したくない。

「仕方ない人ですね……」

裕か松浦か、あるいはその両方を指しているのか、深々と溜め息をついて抄は言った。

「僕が昨夜話したことを、よく考えた上なんですか？」

「だって……あれは、あくまで想像だし……それに、俺は」

「松浦さんが、好きだから。また、君はそう言うんでしょう？」

「何度だって言うよ、当たり前だろっ」

話の矛先を制されて、裕はカッとなって言い返す。

「俺は松浦さんが好きだから、あの人を信じるよ。潤兄さんも好きだから、同じように信じる。本当のことなんて、どうだっていいんだ。俺は信じたいし、あの二人は信じられるよ」

「裕くん……」

「大体、抄兄さんは依怙地《いこじ》になりすぎだよ。そりゃ、潤兄さんが家出しちゃって大変で、俺と茗は兄さんに頼りっぱなしで生きてきたけど、せっかく帰って来たんじゃないか。いい機会だから、面倒くさいことは潤兄さんに頼って、抄兄さんも少し楽になればいいんだよ」

「そんな……第一、あんな人に任せていたら、うちは目茶苦茶に……」

「ならないよ」

裕は、きっぱりとした口調で言い切った。恐ろしいくらい気分が冴《さ》えて、今まできちんとした言葉でどうしても伝えられなかった思いが、堰《せき》を切ったように唇から零れ出る。

「目茶苦茶になんか、ならないよ。俺たち、四人もいるんだよ？　まだ俺や茗は兄さんから見れば頼りないかもしれないけど、いざとなったら皆でなんとか頑張ればいいじゃないか」

「それは……そうですけど……でも、あの人は……」

「それとも、抄兄さんは個人的に潤兄さんに」

「はい、そこまでにしとこうね」

不意に後ろから頭をポンと叩かれて、裕はびっくりして身を固くする。

いつの間に来ていたのか、後ろに潤本人が立っていた。彼は朝帰りなのか、昨日のままの古着のシャツとジーンズという軽装で、目を白黒させている裕と気まずそうに唇を嚙む抄を交互に眺め回してから、ようやくまた口を開いた。

「ただいま。今、帰って来たよ」

「お……お帰りなさい」

「……お帰りなさい」

渋々と弟二人が答えるのを、潤は満足そうな笑顔で見ている。一瞬前まで、「目茶苦茶になる」と争点の的にまでなっていた人間とは思えない余裕だ。

続いて潤は裕の服装に注目したらしく、今度は冷やかすように背中をつつき出した。

「察するところ、裕くんも朝帰りかな？　やるねぇ、高校生の分際で」

「潤さん。そうやって、なんでも茶化すのはやめてください。僕たちは真面目な話を……」

「真面目ぇ？　単なる兄弟喧嘩だろ、なぁ？」

なぁと話を振られても、裕としてはどちらの味方をするわけにもいかない。こういう時、茗がいると上手く場を取りなしてくれるのだが、生憎《あいにく》と彼はまだ就寝中らしかった。

抄はこれみよがしに溜め息をつき、潤のとぼけた顔をきつい瞳で見返す。巻き添えで睨まれている裕は震え上がったが、肝心の潤ときたら何も感じていないようだった。

「……あなたには、話をしても無駄です。昨日だって、肝心なことには何一つ答えてくれなかった。でも、それも仕方ないですね。十年も身内を放っておける人なんだから」

「おまえは、しゃべりすぎだ。〝何も言えません〟とか言いながら、よく口が動いてたぞ」

「それは……潤さんが何も言わないからで……！　家出した時だって急に消えちゃって、僕には手紙一つくれなかったじゃないですかっ」

「だって、おまえガキだったし……」

「十三でした！　もう、子どもの年じゃありません！」

確かに抄は昔からしっかりした子どもだったので、その年で充分大人と言えたかもしれない。だが、あんまりきっぱりと断言されると十七歳の裕は立つ瀬がなかった。

「えーと……」

潤もあまりの話の飛躍ぶりに、やや呆気にとられてしまったようだ。しばらく抄を見つめていたかと思うと、何がおかしかったのかくすくすと笑い出した。

「なっ、何がおかしいんですかっ」

「悪い……いや、ゴメン。でも……そうか……そうだったよなぁ」

「だから、そのバカ笑いをやめてくださいっ」

「やめたいんだけど……いや、マジで。でもさぁ……」

「潤さんっ！」

「――もう、なんなんだよ、さっきから。うるせぇなあ！」

廊下で大騒ぎしている兄弟たちに、ついに怒った茗が部屋から飛び出してくる。安眠を妨害されたため、こめかみに青スジが立っていた。彼は不機嫌極まりない顔つきで兄たちを一瞥《いちべつ》すると、氷のように冷たい声音で言った。

「どうでもいいけど、痴話喧嘩なら他所《よそ》でやってくれよ」

「茗くんっ。そんな言葉、どこで覚えたんですかっ」

「あのね、俺はもう十三歳なの。子どもの年じゃないんだよ」

あっさり言い返されて抄はぐっと言葉に詰まり、潤はますます笑いが止まらなくなる。間に挟まれた裕がいよいよ収拾のつかなくなった事態に、オロオロし始めた時だった。

「あ——客じゃん？」

茗の一言で、全員が一斉に耳をそばだてる。

確かに、玄関のベルの余韻が兄弟たちの耳まで届いた。

「連休でもないのに、日曜日に来るなんて珍しい……」

何気なく裕がそう口にすると、ようやく笑いの治まった潤が軽く首を振る。

「残念でした。客は客でも、ホテルの泊まり客じゃないんだ」

「え……？　潤さん、知っている人なんですか？」

「当たり前だよ。俺が、わざわざ呼んだんだ。朝早くから、ご苦労様だけどね」

ついさっきエマと朝帰りしてきたばかりの潤に、人を呼ぶ余裕なんてあったのだろうか。

裕の胸に兆した思いはそのまま兄弟たちの疑問でもあったが、潤には進んで答える気などさらさらないようだった。そうこうしている内に急《せ》かすように二度目のベルが鳴り、くるりと踵《きびす》を返した潤は「はーい」と大きく返事をする。彼は出迎えのために階段に向かったが、ふと足を止めると弟たちの方へ視線を戻した。

「いいか、よく聞いておけよ」

いつにない真面目な声に、誰もが無意識に身を乗り出す。

「おまえたちにとっても大事な話だから、裕も茗も着替えてすぐ下に降りてこい」

「お……お客って、一体誰なの？　ねぇ、兄さん」

「裕。おまえが、よく知ってる人だよ」

「——まさか」

ハッと、抄の表情が強張った。

兄弟にとって大事な話と言えば、それは小泉館に関係することしかない。そして、それに関連した客など、たった一人しかいないではないか。

「まさか、潤さん……鷺白美百合さんを……？」

「そう。さすがに鋭いね、抄くん。なぁ、裕。おまえの、よく知っている人だろう？」

なんの戸惑いもなくにこやかに答える潤だったが、『美百合』という名前に彼を除いたその場の全員が固まってしまう。

鷺白美百合が潤を引き抜こうとしている話は、すでに末っ子の茗ですら知っている事実だ。

その本人同士が階下で顔を合わせ、しかも家族に立ち会えと言っている。

もしかして、潤は本気で小泉館を畳むつもりなのだろうか。

抄、裕、茗それぞれの胸に、むくむくと不穏な雲が生まれ出した。『不信』という名の灰色の雲は雷雨を伴い、今にも全員の中で暴れ回りそうだ。

いつもと変わらないのは、脳天気な潤だけだった。周りが晴れだろうが嵐だろうが、彼だけはてんでお構いなしで飄々と我が道を歩いている。そのマイペースぶりは感嘆に値するが、今度ばかりはきちんと事前に兄弟へ相談して欲しかった。

「あらら。なんか、下でお嬢さんが怒ってるみたいだから先に行くわ」

固まった状態で動こうとしない三人を置いて、潤は足取りも軽く階段を降りていく。途中で音がやみ、何やら話している声が聞こえたが、すぐにまた足音は遠くなっていった。

「これでも……」

裕の背中から、抄の怒りの波動がひしひしと伝わってくる。

「これでも、まだあの男を信じるって言えますか……？」

「抄兄さん……――」

人生で一番難しい質問に、裕は生まれて初めて直面した気持ちだった。

腹を括《くく》った抄に急かされ、裕と茗は大急ぎで身支度を整える。再び廊下で落ち合った三人は、顔を合わせるなり互いにしっかりと手を繋ぎ合った。

「もしも、潤さんが引き抜きにOKしたとしても」

「したとしても」

「僕は、絶対に小泉館を諦めません」

「俺たちも、諦めない。絶対、どこにも行かない！」

声を合わせて言葉を復誦《ふくしょう》すると、なんだかデモ行進でも始めるみたいに気合いが入る。けれど、裕たちは必死だった。ここがなくなってしまったら、自分たちの帰る場所はどこにもないのだ。もともと実の親とは縁がなくて、それぞれの理由からもらわれてきた自分たちだが、小泉館を愛する気持ちは実子の潤などよりよほど強いつもりだ。

「なんだか……変なの」

居心地悪そうな笑みを浮かべ、茗が独り言みたいに呟く。

「一ヵ月前まで、俺たちここを閉めようって言ってたんだぜ？　やろうって頑張ったのは、裕兄ちゃんだけでさ。俺も抄兄ちゃんも、ホテルやめて地道に暮らそうとか言ってたのに」

「本当に……そうでした」

すっかり忘れていた事実に、抄もしんみりとした声で頷いた。

「僕たちだけじゃ、とてもやっていけないって。なのに、裕くんがやってみなくちゃわからないって言い張ったんですよね。なんだか、すごく昔のことのような気がします」

「もういいじゃん、そんな過去のこと。それより、本当に頑張らなくちゃいけないのは、これからだよ。もし潤兄さんがいなくなったらレストランは続けられないし、それに……」

その先を続けるのは辛かったが、今は自分だけの感傷に浸っている場合ではない。裕はもう一度気を取り直すと、心を決めて口を開いた。

「それに、松浦さんだって、いつまでもいるわけじゃないんだから」

「裕くん……」

「その時が、本当のピンチだよ。そうじゃない？」

「……そうですね」

裕の健気《けなげ》な心に打たれたのか、久しぶりに抄の表情に定番の微笑が帰ってきた。

「本当に、裕くんの言う通りです。僕たちは、もっと先を見るべきですね」

「けど、当面の敵と戦わないと、その未来だってないんだぜ？」

もっともな意見をはいて、茗はビシッと親指を立てる。生来が好戦的なのか、普段のだるそうな態度など微塵《みじん》も見られず、かなり生き生きとしているようだ。

ただ、一つだけ緊張感を失わせる決定的な欠点があった。

気合いを表現するために各々が一番自分らしいと思う格好をして来た結果、三人とも服のテイストがバラバラなのだ。

抄はフロントを預かる立場上、糊とプレスの利いたシャツに黒のパンツという隙のない服装だし、裕は何を着ていいかわからなくて結局休みなのに制服姿だし、茗に至っては迷彩色のトレーナーにダメージジーンズというハチャメチャさである。

美百合が見たら「素人の集まり」以前の問題だと酷評しそうだが、他に気にするお客の目もないことだし、何よりもう着替えている時間が惜しい。

「敵を、だいぶ待たせてしまいましたね。では……行きましょうか」

抄の言葉をきっかけに、一同は無言でゆっくりと階段を降りて行った。


「なんなの、あの人たちは」

案の定、階下に降りてきた三人を見るなり、美百合は手入れの行き届いた眉を思いっきりひそめて嫌な顔をする。バラにすれば全員がそれなりに見られるルックスをしているのに、揃ってやって来ただけでこうまで不快な集団に変われるものだろうか。

もし意図的なものだったら、それはそれで見事な攻撃かもしれないが、しかし美百合はここへ喧嘩をしに来たのではない。人を通して密《ひそ》かに交渉を続けていた潤から、初めて「直接会いたい」という連絡をもらったので、こうして日曜の朝早くから訪ねて来ているのだ。もちろん、早朝の時間指定は潤によるものだった。

「あの、小泉さん？」

「なんですか？」

「ご兄弟が集まったようですから、お話を始めてもよろしいかしら」

「じゃ、玄関ではなんですから、ロビーの方へ移りましょうか」

潤の提案を機に、美百合と彼女の秘書、そして小泉家の四兄弟はぞろぞろとロビーへ移動する。迷惑なのはマウスで、朝寝の場所を大勢の人間に占拠されてひとしきり文句を言っている風だったが、やがて諦めたのかどこかへ姿を消してしまった。

「それじゃ、早速なんですけど」

美百合が秘書へ合図をすると、スーツ姿の男が書類の束をアタッシェケースから出してくる。サインしているだけで日の暮れそうな量だったが、美百合は手慣れた様子でパラパラとそれらに目を通すと、潤の目の前へスッと差し出した。

「大まかなところは何度もご説明した通りですけど、細かい契約条項に関してはこちらの書類をご覧ください。ご安心なさって、結構ですよ。小泉さんの不利なことは何もありませんし、ご兄弟の経済的な援助も無利子で行います。もちろん、住まいも提供しますから。現在、部下にマンションを捜させています。いかが？」

「爪の色は……ボルドーの方が似合いますね」

「は？」

「金のかかっている爪だから、パリッとさせないと勿体ないですよ」

あくまで愛想のいい笑みを崩さず、潤がまるきり関係ない話を持ち出してくる。さすがの美百合も絶句し、裕と会っていた時にはあれほど流暢《りゅうちょう》に動いた唇が縫い止められたように開かなかった。薔薇色の口紅は相変わらず少しの滲《にじ》みもなく完璧に縁取られていたが、今はそれが小刻みに震えているのがわかる。

「――ふざけていらっしゃるのね」

充分な間を取ってから、美百合はようやく声を出した。勝ち気な性格に相応しく、動揺をまったく感じさせない落ち着いた声音を取り戻している。

「それとも、いわゆるセクハラ？　それでしたら、無駄ですわ。私、その手合いには慣れていますの。あなたがお望みになるような反応は、できないと思います」

「ええ、冗談でしょう？」

「え？」

「俺があなたにセクハラだなんて、それはないでしょう。ビジネスにいらしたなら、女の武器はなしにしましょうよ」

思いがけない言葉が次から次へと飛び出すので、美百合のみならず、そこに居合わせた全員が一体なんの話かと不可解な表情で潤を見る。特に、契約の話がまとまりそうになったら即ブチ壊そうと身構えていた裕たちにとって潤の言動はあまりにも予想外で、どんな反応を示したらいいのか全然わからなかった。

それは、やはり美百合にも言えることらしい。恐ろしくプライドの高い彼女は、潤から投げられた謂《いわ》れのない発言に本気になって怒っていた。

「女の武器ですって？　失礼ね、私……私がいつ……」

「しなかったとは、言わせませんよ。俺の弟に、嘘を吹き込んだでしょう？　あんたは女でしかも美人だ。いきなり恋人だなんて名乗られたら、説得力無限大ですよ。それで弟の恋路が破れたら、やっぱ責任あるんじゃないのかなぁ」

「……そこの詰襟の子に、浩明さんの恋人だなんて言った覚えないわ」

突然燃えるような瞳を向けられて、裕は思わず後ずさる。普通にしていても苦手な人種なのに、今の美百合には近づく相手を焼き殺しかねない迫力があった。

「本当よ。なんなら、訊いてみるといいわ。浩明さんだって、私のことは幼馴染みだって説明しているはずだから。そうでしょう？」

「あんたが嘘をついたのは、詰襟の隣にいる方だよ。そいつも、俺の弟なんだ」

「……どういうこと……？」

「嘘をつかれた弟は次男で、恋に破れそうになったのは三男。いずれにしても、俺の大事な身内だから。あ、端っこにいるデカいのが末っ子ね。こいつは今回関係ないけど、安眠妨害されたってなんか怒ってるから連れて来た」

「そんなこと、知るもんですかっ！」

「美百合っ！」

たまりかねた美百合が叫ぶのと、ロビーへ浩明が飛び込んで来たのはほとんど同時だった。

「浩明さん……」

幼馴染みの姿を目に入れた途端、強気で通してきた美百合の鎧《よろい》が脆《もろ》く崩れた。

彼女は驚くべき早さで身を翻すと、浩明のもとへと走り寄る。幼い頃から気心の知れた仲なので、彼の前では弱い面まで素直に出すことができるのだろう。

それくらい、彼女はショックを受けていた。

小泉潤という人間は、美百合が対峙《たいじ》してきた中でも、もっとも意地悪な男だった。

「浩明さん、早くこんなホテル出ましょう。もういいわ、うちにシェフなんかいらない」

「美百合……」

「こいつ、とんでもない男だったわ。貴行さんと仲がよかったっていうから、どんな人かと楽しみにしていたのに。朝早くから呼びつけておいて、わざわざ私に恥をかかせたのよ」

「あのねぇ。とんでもないって言い種は、ないでしょうが」

まだ気が済んでいないのか、潤は浩明の後ろへ身を隠そうとする美百合へ向かい、からかうようにひょいひょいと軽い足取りで歩み寄る。

「お嬢さんを朝早くに呼んだのは、ランチの仕込み前には話を終わらせなきゃならなかったからで、別に意地悪でもなんでもないですよ。でも、本気でシェフ獲得にご執心なら、それくらいは言わなくても気を回してもらわなきゃねぇ」

「よく言うわよ、人を騙《だま》しておいて」

「騙す？　それこそ、人聞きが悪いなぁ。俺が、いつそちらの仕事を引き受けるって言いました？　俺は、あなたに直接会いたいって、うちに通う部下の方に伝えただけですよ」

「まぁ……――」

「潤さん、それ本当ですか？」

美百合が絶句している間に、抄が真っ先に潤へ問いかける。これまで、潤の口から引き抜きに関する本当の気持ちを聞き出せなかった抄にとって、今の言葉は俄《にわ》かには信じられないものだった。もちろん、美百合に対する態度を見ていれば彼女に好意的でないことはわかるが、それだって無邪気な嘘に翻弄された弟たちの敵討ちという意味しかない。

抄が――そして他の兄弟たちが知りたいのは、潤の小泉館への思いなのだ。

「……潤さん、それじゃどこにも行かないんですね？」

「どこにも……って、どこ行くわけ？　俺が？」

「だって、なんにも言ってくれなかったじゃないですか……」

「ばぁか」

本心から小バカにしたような顔で、潤は抄の髪を引っ張る。

「言わなくてもわかるだろう、それくらい。家族なんだから」

「潤さん……」

抄の表情が緩みかけた時、くるりと視線を美百合へ戻して再び潤は口を開いた。

「俺が、あんたに直接会いたいって思ったのは……まぁいくつか理由はあるけど……美人と評判の貴行の婚約者を、一度生で見てみたかったからだ。浩明の恋人じゃなく、貴行の婚約者のあんたをね」

「バッ……バカにしないでよっ！」

華奢《きゃしゃ》な身体からは想像もつかない大声に、ざわめいていた空間がシンと水を打ったように静まり返った。

美百合はさっきまでの弱気はどこへやら、再燃した怒りを胸に浩明の背中から前へと躍り出る。こんな場合に不謹慎ではあるが、純粋な怒りに燃える彼女は本当に美しく、その場にいる誰もがうっかり見惚れるほどだった。

「私は、もう貴行さんの婚約者なんかじゃないわ。貴行さんは、死んだんだから。私と式を挙げる二週間前よ。お陰で、未亡人にならなくて助かったわ。わかった？」

「わかってるよ、美百合。わかってるから」

「貴行さんは忙しく世界中を飛び回っていて、婚約者の私より弟と一緒にいる時間の方が長いような人よ。結婚したって、どうせ放っておかれたわ。だから、その前に死んでくれたのは、あの人のせめてもの思いやりかもね。婚約者なんて……バカみたい……」

「美百合、もういいから……」

大きな瞳を涙で一杯にして、美百合は尚も潤に食ってかかろうとする。浩明が後ろから抱き抱えて懸命に宥《なだ》めてはいるが、タブーとなっていた婚約者の話に彼女の理性はすっかり飛んでしまったのだろう。上等な環境に身を置き、少しの乱れもなく美しかった美百合がこんなに大勢の前で見栄も体裁もなく泣き叫んでいる。恋人の死がどれほどの悲しみだったのか、想像しただけで胸が痛くなった。

「潤兄さん……貴行さんって……」

「……聞いたことあるだろう？　浩明の兄貴だよ。半年前に、交通事故で死んだんだ」

「じゃあ、美百合さんは松浦さんじゃなくて、お兄さんの……？」

裕が驚いて問い返すと、潤は返事の代わりにポンと軽く裕の頭を叩いた。

そうだったのか。

美百合は、松浦兄弟の幼馴染みだったと聞いている。結局、大人になって彼女と結ばれたのは兄の方だったけれど、悲しいことに事故で式を挙げる前に彼は死んでしまった。

「美百合……だけど、どうして俺と恋人同士なんて嘘ついたんだ？」

泣きじゃくる背中を優しく撫でながら、浩明が尋ねる。本当なら、彼らは恋人ではなく姉弟になる関係だったのだ。

「だって……悔しかったのよ」

「悔しいって……何が？」

「何もかもよ。特に、あの詰襟の子は嫌いだわ。ここへ最初に訪ねた日、あの子がフロントに出てきたの。憎らしかった。うんと、嫌なことを言ってやったわ。だって、あなた仕事を邪魔されたくせに、ずっとあの子のことを気にしていたじゃない。うちのホテルから姿を消した時も一度だけ電話をくれたけど、あの子と再会できたとか、やっぱりその話ばかり。あの時、私がどんなに心配したか知りもしないで」

「ごめん……」

浩明もこの街へ来てからしばらくは、自分のことで精一杯だった。周囲に気を配るゆとりなどなく、とにかく一人になりたくて顔見知りからも逃げるように小泉館へ来たのだ。

そうやっていい加減にしてきたツケが回ってきていると思うと、とても一方的に美百合を責める気になどなれなかった。

「ごめん、美百合」

「それまで、私たちは仲間だったたわ」

浩明の謝罪になど耳も貸さず、美百合は話し続ける。彼女にとっては、過去の出来事に対して今更謝罪されても、なんの価値も見出《みいだ》すことはできないのだ。

美百合に必要なのは常に未来で、それが貴行を失ってから見つけられなくなっている。それが大きな苦痛であり、彼女の一番の不幸だった。

「私と浩明さんは、貴行さんという最愛の人を亡くした仲間だったの。彼が死んだ時は、それこそお互いに立ち直れないくらいにショックを受けたけど、二人でなんとか励まし合ってやってきたのよ。それなのに……浩明さんは、一人で先に行こうとしたじゃない」

「それじゃ……もしかして俺が原因で……？」

「そうよ。だから、言ってるでしょ。悔しかったんだって」

唯一、自分の淋しさを分かち合える仲間だと信じていたのに。

浩明は、いつの間にか裕という新しい人間との出会いを果たしていたのだ。

「私はいくら仕事に打ち込もうが、髪を切ろうが、どうしても貴行さんを忘れられない。それなのに、浩明さんはずるいわよ。一人でさっさと新しい希望を見つけて、貴行さんがいなければ意味がないと言っていたカメラまで始めるなんて。だから、だから……」

「美百合……」

「ここであの子と顔を合わせたら、ひどく苛々したの。皆に守られて、男の子なのに浩明さんにまで愛されて。これまでに絶望的な思いなんか味わったこともないくせに、自信なさげにしている姿が無性に腹立たしかった。それで、あの子のお兄さんと電話で話した時に、浩明さんとどういう関係かって訊くから答えてやったのよ。恋人だって。悪かったわね」

『私を裏切ったんだから、これくらい当然の罰よ』

もしも裕との仲が些細な嘘でこじれたら、美百合は浩明へそう言ってやるつもりだった。はっきり意識して、壊してやろうと画策したわけではない。ただ、自分の何分の一かでも、またあの子が泣けばいいと思っただけだ。

「……そうだったんですか……」

兄弟の中から、長い沈黙を破って最初に声を出したのは抄だった。

「それじゃ、美百合さんが電話で言ったことは、ほとんどデタラメだったんですね……？」

「ええ、そうよ。大体、浩明さんみたいなお坊ちゃんに、ヘッドハンティングみたいな非情な仕事ができるわけないでしょ。育ちより頭の中身が、ボンボンなんだから」

開き直った美百合は、涙の乾いた瞳で悪いかと言わんばかりに抄を見る。もともと、彼女は抄も気に入らなかった。いくら弟が可愛いからといって、自分で直接浩明へ訊けばいいことを周囲の人間から攻めていくなんて、やり方があんまりフェアじゃない。

しかし、今の抄には美百合の視線よりもっと痛いものがある。

自分の勝手な憶測から、吐くまで追い詰めてしまった裕の気持ちだ。

「裕くん……僕の間違いでした。嫌なこと言って、すみません……」

「え？　あ、いいんだってば、そんな」

「いいえ、よくありません。僕は潤さんが何も否定しないから、てっきり全部当たっているものと思い込んで……そういえば、潤さん」

「あ、俺？」

やっぱり矛先が自分へきたかと言わんばかりの溜め息をついて、潤が億劫そうに返事する。

「はいはい、なんざんしょう」

「僕があれこれ当て推量していた時に、どうして一言違うって言ってくれなかったんですか」

「ああ、あれねぇ」

「責任転嫁するつもりはないですけど、あの時に本当の話をしていてくれたら……」

「だってさ」

のほほんとした調子で一拍休み、潤は目線をずらすことで詰め寄る抄を微妙に避ける。裕は潤が何を言うのかと固唾《かたず》を呑んで見ていたが、茗の方はアホらしくてつき合いきれんと言うように大アクビをしていた。

この兄弟って、皆ちっとも似てないわ。

美百合は呆れ顔で心で呟いたが、もし口に出したとしても誰も異論は持たないだろう。

「潤さん……。だってさ、じゃありません。早く理由を……」

「だから、実際の出来事より、おまえが考えた話の方がなんか本当っぽかったから」

「は？」

「聞いていたら、思わず感心しちゃったわけよ。だってさ、俺がイタリアから帰って来て両親の訃報《ふほう》を知ったのと、貴行が死んで落ち込んだ浩明がこの街へ来た時期が重なったのは、本当に偶然なんだから」

「……偶然……」

あんなに悩んだのに「偶然」の一言で片づけられ、抄は呆然と潤の言葉をくり返した。

「それじゃ、二人で示し合わせて来たわけじゃなかったんですか……」

「当たり前だろ。俺と浩明が小泉館の前で出会ったのは、単なる偶然なの。でも、それを言うなら一番の偶然は、浩明と裕がすでに他の場所で出会っていたってことだろう？」

ああ、そうか――。

潤のセリフにハッとして、裕は思わず浩明へ視線を移す。

浩明もまた同じように裕を見ていたので、彼らの瞳はそっと絡み合い寄り添った。

『大丈夫だから。この車に乗って、早く行きなさい』

両親の事故の知らせを受けて走り続けたあの日、もう物語は始まっていたのだ。

泣いていることに気づかないほど気が動転していた自分に、浩明はそう言ってタクシーを譲ってくれた。そのせいで仕事をフイにしてしまったけれど、お陰で小泉館にやって来ることになり再び二人は出会うことができた。

そうして今、一度は捨てようとしたカメラを彼はまたやり直そうとしている。

これって偶然は偶然でも、神様が用意してくれた必然でもあるんじゃないかな。

裕は巡り合わせの不思議さよりも、回り出した歯車の音色の心地よさに、ついそんな風に考えてしまう。浩明は何度も「裕くんのお陰だ」と言ってくれたが、裕こそ彼を好きにならなければ「何が起きても信じ続ける」なんてセリフを言えるほど強くはなれなかっただろう。そのことだけでも、浩明との出会いはきちんと用意されていたように思えてならない。

好きになっても、当たり前の人だったんだ……――。

絡む視線をそっと外して、裕はゆっくりと目を閉じた。

「とにかく、全ては僕の考えすぎだったわけですね……」

いっきに力が抜けたらしく、抄の端正な顔立ちから緊張の色がみるみる失われていく。

「僕は……何と言うか……」

「ま、気にすんなって。あんまりできすぎた想像だったんで、口で否定しても説得力ないと思ってさ。お嬢さんには気の毒だったけど、直接本人の口から話していただこうと思ったわけ。それに、気持ちはわからなくもないがやっぱり嘘は嘘だからな。そのせいで、裕は貧血起こしたんだし。兄としちゃ、一矢報いたいじゃないか」

「裕くん倒れたの？」

潤がいらぬ一言を口にしたせいで、浩明が血相を変えて詰め寄ってくる。

「それで昨日寝てるって……そうか……そうだったんだ……」

「だから、そういう惰弱なところが嫌いなのよ」

すっかり自分を取り戻した美百合が、つくづく呆れたといった感じで毒づいた。そもそもの元凶が彼女の口から生まれたものだという意識は、この際あんまりないらしい。

「大体ね、いつもそうやって誰かに面倒見てもらえると思ったら大間違いよ。この先あなたが困った時、車を譲ってくれる人間が必ず出てくるとは限らないんだから」

「美百合。裕くんは、別にそれを当てにしてるわけじゃ……」

「泣いてお願いしますって頼めばいいなんて、甘いのよ。それで済むなら、私だっていくらでも泣くわ。泣いて、貴行さんを返してくれって頼むわよ。そうでしょ？」

兄弟の誰もが一度も言葉にしなかったことを、美百合はしゃきしゃきと言い放つ。裕は一言も言い返せない自分が情けなくて、ただ床に目線を落としているしかなかった。

周りに甘えて生きてきた意識はないが、美百合のセリフは確実に胸に突き刺さる。個性の強い兄弟に囲まれて、でも皆いつでも優しかったから、自分の弱さすら美徳のように扱われてきた。だから裕自身、みそっかすな存在であることに安心を覚えていたのかもしれない。

大好きな浩明への想いでさえ、向こうから踏み込んでくれなければ打ち明けることすらできなかった。そんな裕を、恋人を亡くした美百合が歯がゆく思うのは当然だ。

「そうやって、今の内に落ち込んでおくのね」

美百合は、容赦なく話を続けた。

「浩明さんだって、いつまでもここにはいないんだから」

「美百合。おまえなぁ、いい加減にしろよ」

「あら、本当のことでしょ。浩明さん、前から言っていたじゃない。放浪しないと、いい写真が撮れないって。一ヵ所に定住するのは、性に合わないんでしょ。その性癖のせいでお父様と揉めて、今はほとんど勘当同然の身の上なのよね」

「美百合！」

顔を赤くして浩明が叱《しか》りつけたので、さすがに美百合もそれ以上は口を慎むことにした。けれど、初めて明かされた浩明の『家庭の事情』とやらに、潤を除いた三兄弟は今度こそ芯から脱力する。つき合いの古い潤だけが、どうやらそのことを知っていたらしい。

「松浦さん……それで、お兄さんと仲がよかったんだ……」

赤くなった顔を隠すため口許を手で押さえた浩明は、裕の呟きにも何もコメントしない。その様子から察するところ、よほど隠しておきたい事実だったのだろう。

「そうよ。松浦家で浩明さんの味方は、昔から貴行さんだけだったの。貴行さんだけが浩明さんをちゃんと理解して、ずっと力になり続けてくれたのよ。おじ様が彼を勘当してからは、それこそ唯一の肉親でもあったわ。嫌になるくらい、仲がいい兄弟だったんだから」

「兄さんは……早く逝《い》きすぎた」

浩明の言葉はまるで独り言のように響き、ロビーは何度目かの沈黙を迎えた。

裕は、自分も両親を亡くして身内は兄弟だけの境遇になってしまったので、殊更強く浩明の気持ちがわかる。そんなに大切な人を失ったら、自分だったらどうなってしまうか予想がつかないが、これから似たような思いを味わうだろうと美百合に指摘され、頭の中はパニック寸前の状態だった。

松浦浩明は、いつかいなくなってしまう。

それも、そう遠くはない内に。

考えてみれば、三号室へ案内した時、桜が見事だと教えたらその頃まではいないだろうと言われていたのだ。代わりに月を眺めることを薦め、裕と浩明のつき合いは始まった。

どうしよう。明日にはいなくなっても、なんの不思議もない人だ。

わかっていたことだが、裕の心臓は鼓動のたびにしくしくと痛んだ。

「あの、松浦さん……あの」

「え？　どうしたの、裕くん」

「……あの」

「こんにちはぁ」

ためらいがちの裕のセリフを遮って、玄関から明るいエマの声がする。ランチの支度にはまだ余裕のある時間なのに……と抄が首を捻ると、潤が何かしら含みのある笑みを漏らしてさっさと出迎えに行った。

「……なんでしょうか、あの笑い。なんか、いやらしいですね」

「潤兄ちゃん、エマちゃんと朝帰りしたんだろ？　デキちゃったんじゃねぇの、あの二人」

「茗くんっ。だから、そういう口をきくのはやめなさいっ」

ヒソヒソと声を落として会話する兄弟たちを尻目に、裕はまだ悲観的な展開を想像してはぐずぐずと悩んでいる。そうこうしている内に、やがて潤とエマに案内されて一人の老紳士がロビーへ姿を現した。

年齢は六十代半ばくらいだろうか。灰色がかった髪の毛と気難しそうな目を持つ男性だったが、上等のカシミアのコートに身を包んだ風貌は気品と貫禄《かんろく》に溢れ、全身に覇気が満ちている。要するに、小泉館にはあまり縁のない人種だ。

「あの……潤さん、こちらの方は……」

「なんだよ、兄ちゃん。また新しい客、ゲットしてきたのかぁ？」

呑気な弟たちの疑問は無視して、潤は惚けたように口を開いたままの浩明と驚きのあまり表情をなくしている美百合の前へ進み出ると、老紳士に通じる道を手で指し示した。

「——潤さん……」

「いい加減、潮時だろ？　おまえの親父を説得して連れて来るのに、一晩かかったぜ」

「しかも、あたしまで応援兼案内役でつき合わされたのよぅ。感謝してよね」

「ありがと、エマちゃん。愛してるよ」

「愛はいらないから、時給を千円にしてちょうだい」

目の前でくり広げられる潤とエマの呑気な会話に、浩明はどう返事をしたらいいのかわからないようだ。たった今、美百合から勘当の話が出たばかりの父親が、まさか小泉館に来るなんて、どうしても実感が湧いてこない。

父親に臆したのか一向に足を踏み出そうとしない浩明に、潤は強引にその手を摑んで前へ押し出した。他の皆は声もなく、これからの成り行きをじっと見守っている。

浩明は瞬きも忘れたかのように、正面に立つ紳士を見つめていた。

「二人の息子の内、一人を失ったんだ。関係修復には、タイミングが大事だろ。おまえだって、彼女が言ってたようにいつまでもここにいるわけにもいかないだろうが。放浪もいいけど、帰る場所もきちんと確保しておけよ。でないと、本当に孤独だぞ」

「でも……どうして……」

「……実は、浩明がここへ来た時から考えていたんだ。お節介かと思ったけど、俺は帰る気になった時に親が事故に遭ってそれきりになっちまっただろう。俺が日本へ帰ろうと思ったきっかけも、おまえら兄弟と会ったからだし。おまえら、本当に仲がよかったからな。俺にも弟が三人もいたんだって、急に意識しちゃったわけよ。貴行からも、常々おまえと父親のことは相談されていた。だから、ホテルの前で浩明に会った時、それを『偶然』だけで済ましちゃいけないような気がしたんだ。貴行が会わせたのかなって……まぁ勝手なことして、悪かったけどな」

「そんな……——」

浩明は一度目線を落とし、再び勇気を持って顔を上げた。

いかにも気まずそうな顔をして、でも浩明が近づくのを紳士は心から待っている。一言も語らず、頑固そうに口許を引き締めて。兄の葬式の時ですら何も声をかけてくれなかったのを淋しく思っていたが、今にして思えば彼は彼の悲しみで一杯だったのだろう。

同じ痛みを抱えている今なら、互いにもっと素直になれるかもしれない。

「父さん……お久しぶりです」

浩明が、完全に過去から抜け出たその瞬間。

ロビーから、裕がそっと姿を消した。


よかったねって、ちゃんと言わなくちゃ。

また会いに来てほしいって、さりげなくつけ加えて。

さっきから何度も同じセリフをくり返し、裕は運河沿いを当てもなく歩き続けている。

父親と和解した浩明を、心から祝福してあげたい。その気持ちに嘘はなかった。けれど、これで決定的に浩明の家は他所になってしまった。彼が長い旅の後で帰るのは、小泉館ではもうないのだ。

頼りにしていた細い繋がりが、プツンと切れてしまったような気持ちがした。

「だけど……やっぱり、この方が全然よかったんだし……」

無理して呟いた独り言は、裕をますます淋しくさせるだけだ。できるだけ浩明と一緒にいたいという、ささやかにして贅沢な望みは近い将来に断たれてしまうだろう。

それでも、好きだって言ってくれたから。

しばらくの間は、耳に残るその音で孤独を紛らわせることができる。

「……寒っ……」

思わず、小さな声が出た。

微かに潮の香りを含んだ突風は、コートも着ずに飛び出した身には厳しすぎるようだ。春の気配はまだ遠かったが、桜を見る季節に浩明の姿はここにはないと思うと、永遠に来なくてもいいような気がした。それなら、このまま凍えていた方がいい。春なんか、来なければいいのに。その願いが叶うなら、自分はなんでもするだろう。

『泣いてお願いしますって頼めばいいなんて、甘いのよ』

ふと、美百合に投げつけられた言葉が耳許で蘇った。何も言い返せなかった情けない自分の姿も、ビデオの巻き戻しのようにくっきりと脳裏に浮かび上がる。

確かに、そうかもしれない。

好きだって言われて安心して、どこかへ行くと聞いてめそめそしている。

こんな自分は、やっぱり裕だって好きではない。両想いになれたのは幸運だったが、恋を続けていくのに必要なのは涙ではなく、前向きに頑張っていける強さじゃないだろうか。

理屈では、ずっとわかっていた。頑張らなきゃ駄目だって。でも。

「……でも、俺、ちっとも頑張ってない……」

裕の足が、その一言で止まった。

ホテルを再開しようと言った時も、皆で頑張ろうと言ったのは裕だ。けれど、実際には潤や抄が支えている上に甘えているだけで、自分は何をしただろうか。浩明が好きだから部屋のケアは一生懸命したけれど、仕事という認識はまったく持っていなかった。

いつでも、車を譲ってもらえるとは限らない。

自分から動き出さなくては、事態は何も変わらないから。

――だから。

「俺……俺、松浦さんに言わなくちゃ」

きちんと言葉にした瞬間、裕の胸にふつふつと勇気が湧いてきた。

ちゃんと顔を見て、恋人の権利は行使しなくちゃ。俺が好きなんだったら、必ず会いに来ないと駄目だって伝えなくちゃ。それが無理なら……どうしても、無理な状況なら。

「――俺から会いに、どこでも行くから」

そう呟いて、裕は勢いよく踵を返すと小泉館に向かって駆け出した。

浩明への思いさえ胸にあれば、このままどこまでも走り続けられるような気がした。

◆◆◆　エピローグ　◆◆◆

「これで、何度目かなぁ」

裕は気持ちよく開け放たれた窓を前に、大きく伸びをして独り言を言う。

「最初は律儀に数えてたけど、なんか途中でやめたんだよな」

快晴の空の下、海を渡ってきた夏の風は頬に心地よい温度になっている。部屋一杯に新しい風を取り入れて、裕はもう一度伸びをした。すくすく成長したとは言い難いけれど、それでもこの二年の間で三センチも身長が伸びている。手も足も僅かだが筋肉がつき、細くてもそれなりにバランスのいいスタイルができてきたように思う。遅い成長期を迎えてからは滅多に可愛い扱いはされなくなったが、その代わりに女の子たちの間では、赤丸上昇のチェックが入るようになった。

「なんだか……生意気な顔になったわ。いい気になるんじゃないわよ」

美百合は顔を合わせるとそんな憎まれ口を叩くが、面白くなさそうな口ぶりから察すると内心ではけっこう「悪くない」と思ってくれているのかもしれない。彼女は恋人もつくらずに相変わらず仕事に燃えているが、どういうわけか茗がひどく美百合を気に入って始終つきまとっているので、もっぱら毒舌は彼へ向けられることが多くなった。

潤と抄は、相変わらずシェフとフロント係として小泉館を支えている。仲がいいんだか悪いんだか、だらしのない潤はいつも抄からお説教をされているが、そういう関係がこの二人には自然なようだ。

かつて浩明の父親を連れて来るために一人じゃ道中退屈だとエマにまで外泊させたことを、彼女のご両親に申し訳がないと抄はまだ怒っているようだが、いずれ潤がどうして家出をしたのか、その本当の理由を知る時が彼にも来るだろう。しかし、本人にハッピーエンドを望む気持ちが生まれない間はちょっと無理かもしれない。

そうして、現在。

小泉館は相変わらず客は少ないが、もっとも居心地のいいホテルとして旅人に愛される宿となっている。大学生になった裕も、ずい分手際よく雑用をこなせるようになった。

一人きりで夏風に身体を任せていると、最初に走り始めた時を思い出す。

あの後、走り続けていた裕は前方から彼を捜しに来た浩明とばったり出くわして、せっかく決心したのにも拘らず何も言えなくなってしまったのだ。

何故なら、呼吸が止まるくらいきつく抱きしめられたから。

浩明は裕の存在を何度も確認するように腕に力を込め、幾度も同じセリフを囁いた。

あの日以来、裕は人前では泣いていない。

「うわ、ひっさしぶりだなぁ。それにしても、相変わらずボロボロなホテルだよなぁ」

「……浩明。いきなりやって来て、最初の挨拶がそれ？」

ジロリと振り向き様に軽く睨むと、両手一杯に荷物を抱えて部屋に入って来た浩明は、慌てて裕のご機嫌を取るようにお土産をベッドの上へ並べ出した。

「ほら、一杯あるだろ。持って帰るの大変だったんだぞ」

「今回は、ずい分長旅だったからね。お土産、ワールドバザーみたいに国際色豊かじゃん」

「他の皆には、もう渡してきた。抄さん、相変わらずすっごい綺麗だなぁ」

「……あ、そう」

せっかく寄ってきた裕がむっつりした顔で窓際に戻ってしまったので、浩明は早くも失言を後悔する。せっかく久しぶりの逢瀬《おうせ》なのに、こんなつまらないことで雰囲気を駄目にはしたくない。実に、今日は四ヵ月ぶりの再会なのだ。

「裕くん、側に行ってもいいかな？」

「……変なの。いいから、呼び捨てにすれば。今更くんづけされると、なんか変だよ」

「なんだ、なんだ。素直じゃないなぁ。じゃ、裕。そっち行くからな」

「うん」

素直な返事に気をよくして裕の隣に立つと、浩明は一緒になって夏の空を眺め始める。その間にちらりと盗み見た横顔は、なんとか機嫌も直ったらしく表情が柔らかくなっていた。

結局、久しぶりに会うということで裕もそれなりに緊張していたのだろう。

「今回は、いい写真撮れた？」

「うーん……まぁまぁかな。そうだ、ハガキ届いてる？」

「うん、二十枚ほど。浩明、すっごくマメだよね、そういうとこ。メールじゃなくてハガキをくれるなんて、今どき珍しい恋人だと思う」

「愛情と手間をかけてるからな」

「俺、最初は浩明が帰って来るたびに何回目とかメモしてたんだけど、あんまりバラつきがあるんでやめたよ。いる時は二ヵ月も三ヵ月もいるしね」

「そりゃそうさ。俺が帰って来る場所は、小泉館しかないんだから」

二年前の冬の朝、裕を強く抱きしめた時と同じ言葉を唇に乗せ、浩明は掠め取るようなキスをする。互いの名前を呼び合うようになっても、やっぱりキスする瞬間はどこか照れくさかった。一年の間に回数でいけば片手分くらいしか会ってないから、余計にそう思うのかもしれないけれど。

「それにしても、裕を撮ったヤツがやっぱりどこでも一番評判取るんだよなぁ」

「お陰で、俺はすごい迷惑だよ。時々、勘違いした人とかにモデルやれとか言われて」

「でも、断ってるんだろ？」

「当たり前だろ。浩明に撮られるのだって、まだ少し抵抗あるんだから」

最初に会った時から二年も撮り続けているのに、相変わらずそんなことを言っている。いくら外見がしっかりしたように見えても、根本的なところは変わっていないらしい。

でも、その方が浩明は嬉しかった。

裕はいつでも裕のまま、上手に成長しているのだから。

「なぁ、裕」

「うん？」

「――愛してるよ」

「うん……俺も愛してる」

「夜が来るのが、今から楽しみだよなぁ」

思わず浩明が口にしたセリフに、裕が頬を染めて思いっきり渋面を作る。その顔にシャッターを切りたくなる衝動をなんとか堪えて、彼は裕の肩を抱き寄せた。

「あのなぁ、俺が言っているのは別の意味。いや、他の意味もあるんだけど」

「別の……？」

「だからさ」

静かに裕の耳許へ唇を寄せ、浩明は吐息のように甘く囁く。

「久しぶりだよな……三号室から、二人で月を見るのは」

裕はゆっくりと頷くと、華のように顔をほころばせた。

あとがき

こんにちは、または初めまして。神奈木智です。このたびは、『今宵の月のように』を読んでいただき、本当にありがとうございました。この作品は、かつてラキアノベルズさんから出していただいたものを加筆・改訂しております。昔の読者様が見かけたら、きっと懐かしい気持ちになってくださると思いますが、私もこうして装いも新たに文庫としてお目見えすることができて大変嬉しい気持ちでいっぱいです。

舞台は架空の街、青駒市。運河が流れる、少し東京の中心地からは外れたのんびりした場所です。実際にあったら住んでみたいな、と夢に描きながら、あれこれ書き綴ったのを今でもよく覚えています。もともとベネツィアに旅行した際、あちらでよくある家族経営の小さなホテルのアットホームさがいいなぁと思ったので、そこにイケメン四兄弟とかどうよ、と己の妄想が膨らんだのが始まりでした。そう、昔から本当に兄弟好きなんです。おまけに、ホテルは猫付き。美味しいイタリアンレストランも併営とあって、まさに俺得な設定がてんこ盛りでした。長い読者様は、きっと苦笑されているかと思います。

しかして、何ぶんにも舞台は一昔前。作中、携帯電話が出てこないのは実は書いた当時は普及していなかったから。『小泉館』にはクラシックな電話室があって、そこで電話のやり取りはされていました。浩明のカメラに関しても、今なら絶対デジカメですよね。そういう小さな部分で手直しは必至でしたが、何より私を苦しめたのは当時の文章の拙さです！　とにかく、あまりの下手くそさに何度目眩を覚えたことか。今回、全文に亘って手直しをしましたが、視点の移動だけは如何ともしがたく……まぁ、これはこれで若さというもの。などと言い訳をしつつ、若干のこそばゆさと共に改稿作業をいたしました。当時の読者様、本当にごめんなさい。でも、作品に込めた愛情は昔も今も変わっておりませんよ！

そして、今回文庫化にあたって新たにイラストを担当してくださった、しのだ様。カラーの美しさに一目惚れをし、念願叶ってご一緒することができました。いろいろお忙しい中、本当にありがとうございました。表紙・口絵の美しさは言うに及ばずですが、とにかくキャラたちの表情が優しくてイキイキとしていて、ずっと見ていても全然飽きません。裕なんて小動物そのものの愛らしさで、思わずぎゅーっとしたくなりました。まぁ、口絵で浩明が辛抱たまらずやっておりますが……気持ちはわかる。わかるとも。裕は私の書く男の子の中では異例と言ってもいい内気な子なので、それが嫌みにならないよう苦心したわけですが、しのだ様の裕が出てくれれば説得力ばっちりじゃん、などと他力本願な気持ちもちらほら。もちろん、浩明を初めとする他のキャラも魅力的でとても感激しております。

そんな素敵イラストに助けていただいた本作ですが、実は三部作となっています。次作は長男と次男が主人公。大人カップルの登場です。とは言え、次男が面倒臭い性格なので、すんなりラブへ移行するはずもなく。その辺りを調子の良い長男がどのように陥落させていくのか、楽しみにお待ちいただければと思います。今回改稿するにあたっても、次男に関しては「何とまぁ面倒くさい奴め」と何度呟いたことか。でもね、きっと恋をすれば彼だって可愛く……なるかどうかは、読んでからのお楽しみですね。どうぞ、引き続き小泉四兄弟をよろしくお願いいたします。

また、初出のラキアノベルズは残念ながら無くなってしまいましたが、当時の担当様、そして今回お世話になったルチル編集部様、本当にありがとうございました。ノベルズのイラストもとても綺麗で、それは今でも私の宝物なのですが、今回の文庫化で宝物が増えたことを何よりも嬉しく思っています。あ、それから、昔の自分も拙いながら頑張った、という点だけは褒めてあげたいです。好きな世界をどうやったら伝えられるか、当時も今もウンウン唸りつつ苦労しているのに変わりはありませんが、こうして新たに手を加えることで初心に帰ることができました。小説を書き始めた頃のわくわくした気持ちを忘れずに、これからも頑張っていきたいと思います。

この本は二〇一一年ラストの刊行となります。今年も、本当にいろいろお世話になりました。あとがきを書いている時点では年末まで少し間がありますが、きっと出来上がった本を読んでいる時には「一年、駆け抜けたなぁ」としみじみしていることと思います。締め括りに刊行されるのが作家人生における初めてのシリーズ作（なのですよ、実は）というのも、何だか感慨深いものがあります。新作も頑張れ、というBLの神様のお告げでしょうか。前向きに解釈して、これからも一層気合いを入れていきたいと思います。
ではでは、またの機会にお会いいたしましょう——。

神奈木　智　拝

http://blog.40winks-sk.net/（ブログ）
http://merumo.ne.jp/00569874.html（メルマガ）

✦初出　今宵の月のように……………ラキアノベルズ「今宵の月のように」
（1998年1月）

神奈木智先生、しのだまさき先生へのお便り、本作品に関するご意見、ご感想などは
〒151-0051 東京都渋谷区千駄ヶ谷4-9-7
幻冬舎コミックス　ルチル文庫「今宵の月のように」係まで。

幻冬舎ルチル文庫

今宵の月のように

2011年12月20日　第1刷発行

✦著者	神奈木智　かんなぎ さとる
✦発行人	伊藤嘉彦
✦発行元	株式会社 幻冬舎コミックス 〒151-0051 東京都渋谷区千駄ヶ谷4-9-7 電話 03(5411)6432［編集］
✦発売元	株式会社 幻冬舎 〒151-0051 東京都渋谷区千駄ヶ谷4-9-7 電話 03(5411)6222［営業］ 振替 00120-8-767643
✦印刷・製本所	中央精版印刷株式会社

✦検印廃止

ISBN978-4-344-82396-9　C0193　Printed in Japan